LA TIREUSE D'ÉLITE

DU MÊME AUTEUR
CHEZ LE MÊME ÉDITEUR

N° 1 : LE MONSTRE D'ORGEVAL
N° 2 : LE CARROUSEL DE LA PLEINE LUNE
N° 3 : L'ABOMINABLE BLOCKHAUS
N° 4 : LES SÉMINAIRES D'AMOUR
N° 5 : LE MARCHÉ AUX ORPHELINES
N° 6 : L'HÉROÏNE EN OR MASSIF
N° 7 : UN CHANTAGE TRÈS SPÉCIAL
N° 8 : LES REQUINS DE L'ÎLE D'AMOUR
N° 9 : LA CITÉ DES DISPARUES
N° 10 : LE CYGNE DE BANGKOK
N° 11 : LA MANTE RELIGIEUSE
N° 12 : LE JEU DU CAVALIER
N° 13 : LA CROISIÈRE INTERDITE
N° 14 : LE HAREM DE MARRAKECH
N° 15 : LA MAISON DES MAUDITES
N° 16 : LA PERMISSION DE MINUIT
N° 17 : LES CAPRICES DE VANESSA
N° 18 : LA VIPÈRE DES CARAÏBES
N° 19 : LE VOYOU DE MONTPARNASSE
N° 20 : LES FILLES DE MONSEIGNEUR
N° 21 : LA NUIT ARABE DE MONACO
N° 22 : LA FERMIÈRE DU VICOMTE
N° 23 : LA PUNITION DE L'AMBASSADEUR
N° 24 : LA SECTE DES AMAZONES
N° 25 : LES SIRÈNES DE L'AUTOROUTE
N° 26 : LE BOUDDHA VIVANT
N° 27 : LA PLANCHETTE BULGARE
N° 28 : LE PRISONNIER DE BEAUBOURG
N° 29 : LES ESCLAVES DE LA NUIT
N° 30 : LES POUPÉES CHINOISES
N° 31 : LES SACRIFIÉS DU SOLEIL
N° 32 : L'EXÉCUTRICE
N° 33 : LA PRÊTRESSE DU PHARAON
N° 34 : UN CANAL ROSE POUR CIBISTES
N° 35 : LES FANATIQUES DE LA VIDÉO
N° 36 : LES ANGES DE PIGALLE
N° 37 : SOSIES SUR MESURE
N° 38 : LA MARQUE DU TAUREAU
N° 39 : L'ÎLE AUX FEMMES
N° 40 : LA CHÂTELAINE DE L'ORDRE NOIR
N° 41 : LA PRINCESSE DES CATACOMBES
N° 42 : LA DISPARUE DE SUNSET BOULEVARD
N° 43 : LE PARFUM DE LA DAME EN GRIS

N° 44 : LES FEMMES MYGALES DE CÔTE-D'IVOIRE
N° 45 : LA DANSE DES COUTEAUX
N° 46 : LES AMANTS DE SINGAPOUR
N° 47 : LA VEUVE DU LAC
N° 48 : LES FANTASMES DU NOTABLE
N° 49 : LA BÊTE DU LUBERON
N° 50 : CARNAVAL A VENISE
N° 51 : LES NUITS BLANCHES DE LA TOUR EIFFEL
N° 52 : LOVE TELEPHONE
N° 53 : GOLF-PARTY
N° 54 : L'ENFER DU COLLECTIONNEUR
N° 55 : LES SOMNAMBULES DU DOCTEUR MARLY
N° 56 : LES ENVOÛTÉES DU MARABOUT
N° 57 : LA TUEUSE D'HOMMES
N° 58 : LA DIVA DU BOIS DE BOULOGNE
N° 59 : LA FOLIE DE BARBE-BLEUE
N° 60 : LE MANIAQUE DU PARKING
N° 61 : LE BATEAU DES FILLES PERDUES
N° 62 : LE DÉMON DU PEEP SHOW
N° 63 : LES CHASSEURS DE MIREILLE
N° 64 : LA PLAGE AUX NYMPHES
N° 65 : NUITS DE CHINE
N° 66 : LA FILIÈRE MEXICAINE
N° 67 : LES SECRETS DE MADAME MAUD
N° 68 : LA FEMME MASQUÉE
N° 69 : TRANSPORT DE FILLES
N° 70 : LA SECRÉTAIRE DU PATRON
N° 71 : LA PANTHÈRE DES PALACES
N° 72 : LES PROFANATRICES
N° 73 : LA TENTATION DE CAROLINE
N° 74 : LA LOUVE DES BEAUX QUARTIERS
N° 75 : LES STRIPTEASEUSES DU PETIT ÉCRAN
N° 76 : LES MAÎTRESSES FEMMES DE SAINT-TROPEZ
N° 77 : LE RODÉO DU PLAISIR
N° 78 : LES PROIES DU COMMANDO
N° 79 : LA FEMME-FAUCON

MICHEL BRICE

BRIGADE MONDAINE

LA TIREUSE D'ÉLITE

PLON

Les dossiers Brigade mondaine de cette collection sont fondés sur des éléments absolument authentiques. Toutefois, pour les révéler au public, nous avons dû modifier les notions de temps et de lieu ainsi que les noms des personnages.

Par conséquent, toute ressemblance avec des personnes existantes ou ayant existé serait totalement involontaire et ne relèverait que du hasard...

ISBN : 2-259-01607-3

CHAPITRE PREMIER

Les yeux bleus lagon des mers du Sud de Tereza s'agrandirent encore davantage en voyant disparaître le majeur puis l'annulaire de la main gauche de Mme Brozek. Pas n'importe où, évidemment. Entre ses cuisses. Dans son ventre. Debout au milieu de la salle de bains toute carrelée de faïences couleur tabac, Tereza gigota des hanches en se penchant pour regarder la main gauche de sa patronne qui s'engloutissait progressivement juste sous la touffe bouillonnante de son pubis de vraie blonde née au cœur de l'Europe Centrale, à peine dix-neuf ans auparavant.

Ça lui faisait d'autant plus drôle, à Tereza, que jamais aucune main de femme ne s'était insinuée là. Jamais. En tout cas pas à sa connaissance. Pas dans son souvenir. Ou alors, une toute petite fois, peut-être. Un jour. Celle de Mme Brozek déjà... Mais c'était pour jouer. Pas comme ce soir...

— Arrête de remuer, gronda Anna Brozek. On n'arrivera à rien comme ça, petite idiote !

C'était plus fort qu'elle, Tereza n'arrivait pas à bloquer ses soubresauts de hanches et de reins. Elle lâcha une petite cascade de rire. Rien qu'un filet, on aurait dit une enfant, une gamine. Anna Brozek lui avait souvent reproché son immaturité. Avec les hommes, pourtant, elle se débrouillait très bien. Elle en attirait un maximum rien qu'en papillotant des paupières, et l'argent grâce à elle rentrait à flots dans les caisses de Mme Brozek. Elle avait un don pour affoler les mâles, un truc de naissance qu'on a ou qu'on n'a pas. Elle l'avait. Une vraie Lolita ensorceleuse. Même à 19 ans. Lolita pour l'éternité. D'ailleurs les types s'imaginaient toujours qu'elle avait au moins quatre ou cinq ans de moins et personne bien entendu ne les détrompait. C'étaient ses grands yeux de gazelle tirés vers les tempes, les responsables. Et ces sourcils interminables et blonds, on aurait dit deux très fins et très impeccables coups de pinceau avec un peu d'or au bout. Et cette trop grande bouche rouge et gourmande d'écolière. Et ce vaste front bombé, genre vierge peinte par un primitif flamand. Et cette crinière blonde bouclée et rejetée en arrière de très jeune lionne. Et puis tout le reste. Le nez légèrement retroussé du bout. Les épaules étroites. Le buste presque androgyne avec deux petits seins tout ronds comme dessinés dessus et d'étranges bouts durs et roses, interminables, au milieu, on aurait dit des groseilles. Et puis aussi ces hanches, presque comme celles des garçons. Et ces fesses musclées mais tellement menues... Tereza n'avait pas de cul.

Au début, un an plus tôt, Anna Brozek avait laissé tomber ce diagnostic comme une condamnation. « Elle n'a pas de cul, elle n'arrivera à rien dans la vie. » En réalité, Anna s'était trompée sur toute la ligne. C'est ce petit cul justement, ces minuscules fesses de Tereza qui pouvaient presque tenir dans une seule main masculine (à condition que celle-ci soit quand même assez large...) qui lui rapportaient le plus d'argent. Des bénéfices inversement proportionnels aux dimensions de sa croupe. A peine avaient-ils effleuré celle-ci, que les clients en tombaient raides amoureux. Ils n'arrêtaient pas d'en redemander. Rien que ce soir, Tereza avait cinq rendez-vous prévus. Le dernier, à minuit, c'était avec Frantisek Ouporova. Comme le mois dernier. Frantisek économisait sur son salaire, il ne pouvait venir qu'une fois par mois. Tout à l'heure, il l'avait appelée. Il venait de toucher son chèque de juillet et il voulait savoir si Tereza serait libre ce soir. Assez tard. Vers minuit. Evidemment qu'elle serait libre pour lui ! Surtout pour lui. Et surtout ce soir ! D'ailleurs, dans cinq jours, Anna fermait *le Vltava* pour trois semaines. Fermeture annuelle pour congés. Même les putes ont besoin de vacances, de grand soleil et de grasses matinées.

Ce qui avait fait plaisir à Anna Brozek, c'est que Tereza avait été ravie en apprenant qu'elle avait rendez-vous ce soir avec Frantisek Ouporova. Elle avait même battu des mains, Tereza. Comme une gosse. Une vraie gosse. C'est vrai que Frantisek demandait toujours les « suppléments ». Et quand on savait que, sur les suppléments, les filles touchaient entre 60 et 70 % (alors que sur le prix initial elles n'en touchaient que 20), on comprenait mieux les raisons profondes de l'enthousiasme de Tereza. N'empêche que ça faisait plaisir à voir. Anna Brozek détestait les mauvaises coucheuses, au propre comme au figuré. L'ardeur au boulot de Tereza, c'était le bon côté de son immaturité. Une fille increvable au lit. Après quatre ou cinq types dans la même soirée — et des exigences aussi variées que les types en question — elle sortait de sa chambre fraîche comme une rose, épanouie, les yeux brillants, toute nue et balançant son mince corps de nymphette sur des hauts talons complètement disproportionnés par rapport à son mètre quarante-huit de poupée démoniaque.

Tereza lâcha de nouveau une petite cascade de rires aigus. Comme une gamme ascendante.

— C'est plus fort que moi, couina-t-elle. Vous me chatouillez, Madame, excusez-moi !

Anna Brozek, agenouillée sur la moquette couleur terre cuite de la salle de bains, releva son visage triangulaire aux joues très creuses et aux cheveux blonds tirés en chignon sévère sur la nuque. Elle avait les yeux aussi bleus que ceux de Tereza. Mais dessous, de larges cernes mauves lui donnaient constamment l'air d'avoir chopé la fièvre du siècle. A 35 ans elle était encore belle. Très belle même. Rien à voir avec le charme à la fois complètement puéril et complètement glacial de Tereza. C'était un autre genre de beauté derrière laquelle on soupçonnait d'instinct toute une histoire, une longue histoire de douleur, de fuite, de terreur, d'espoirs, de victoires âprement obtenues et encore plus âprement consolidées, jour après jour. L'histoire de sa vie.

En général, elle faisait peur aux hommes. Elle leur ressemblait trop. Ceux qui l'avaient approchée avaient tout de suite senti l'espèce d'énorme charge de dynamite de son passé, en sommeil en elle, prête à exploser. Ils avaient préféré se garer des voitures pour ne pas être transformés en confettis au moment de la déflagration. Pas un n'avait tenu le coup et elle ne s'en plaignait pas.

— Bon, siffla-t-elle, de cette façon on n'y arrivera jamais. On va faire ça autrement. Allonge-toi, Tereza.

Pour faire ce que lui ordonnait Mme Brozek,

Tereza ondula des reins vers le sol, puis elle chavira, de dos, sur la moquette couleur terre cuite. Tout le temps de sa descente, elle s'était regardée dans la psyché en érable, un grand miroir superbe, inclinable, au fond de la salle de bains, qui lui renvoyait l'image d'une fille blonde au ventre très légèrement bombé et aux seins de collégienne sûre de sa beauté et de sa séduction. Tous les hommes avaient toujours fondu devant elle. Même à Prague, sa ville natale. C'est comme ça d'ailleurs qu'elle avait obtenu ses papiers d'émigration bien plus vite que tout le monde. Quarante mille personnes environ essaient de foutre le camp de Tchécoslovaquie chaque année. Mais c'est en général un sport de longue haleine, une vraie course. Un sinistre marathon de démarches, de formulaires à obtenir, de listes d'attente et d'espoirs déçus. Un long, très long calvaire fait pour conduire les plus résistants au bord de la dépression nerveuse. Pour Tereza, ça avait pratiquement marché comme sur des roulettes. Il avait suffi qu'elle apparaisse, dansant dans ses jeans ultra-moulés, pour que les bureaucrates du régime communiste oublient leurs habitudes sadiques et commencent à se liquéfier du dedans. Tereza ne s'en était même pas étonnée. Elle avait l'habitude, depuis l'enfance, que tout cède sous son regard. Personne ne lui avait encore jamais vraiment résisté. Mme Brozek pouvait se vanter d'être la première à lui donner des ordres. Même à l'école, à Prague, ses institutrices, quand elle était enfant, étaient pratiquement à ses genoux. Il y en avait une surtout, littéralement amoureuse d'elle, qui lui refaisait ses devoirs en cachette quand elle les avait salopés, pour lui donner la meilleure note.

— Ecarte les cuisses, commanda Anna Brozek.

La psyché, inclinée à 60 degrés par rapport au sol, commença à renvoyer l'ouverture progressive de deux jambes minces et longues sur un buisson vaporeux de poils blonds qui bouclaient vers la face interne des cuisses et dévalaient comme de minuscules copeaux d'or autour des lèvres bombées et délicates du sexe.

Une fois de plus, Anna se dit que Tereza avait un ventre d'enfant où on aurait juré qu'aucun membre masculin ne s'était encore jamais introduit.

— Ça ira comme ça, dit-elle. Maintenant tu ne bouges plus, hein ? Laisse-moi faire...

Tereza lâcha de nouveau son rire aigu et Anna se crispa. Comme c'était étrange, la vie ! Sa meilleure gagneuse était — cérébralement — une gosse. Une gosse inconsciente, insouciante. A mille lieues d'imaginer dans toute leur ampleur les conséquences de ce que venait de lui demander sa patronne. Il faut dire aussi qu'Anna n'y était pas allée de main morte sur la Silvovice (1) depuis une heure qu'elles étaient enfermées toutes les deux dans l'immense salle de bains aux tonalités si douces, si enveloppantes. Rien que des meubles en bois de cèdre ou d'érable. Nuances havane et blanc des carreaux de faïence sur les murs. Baignoire avec robinetterie à l'ancienne entourée d'un podium en céramique orangée. Quant au plafond, il était uniformément tapissé de daim. Même le pèse-personne était serti dans un encadrement de bois. Quant au nécessaire à chaussures, posé sur un petit guéridon en rotin, il était en thuya. On entrait

(1) Alcool de prune tchécoslovaque (prononcer « sliboviche »).

dans la salle de bains d'Anna Brozek, au troisième étage d'un immeuble dont elle était propriétaire, au fin fond de ses appartements privés, comme dans une sorte de rêve exotique ou colonial. On était dans un autre monde. A mille lieues de la réalité. Impossible d'imaginer qu'en bas, en ce premier jour d'août, c'était l'habituel défilé des troupeaux de touristes montant par la rue Norvins vers la place du Tertre, ses cafés aux additions surréalistes, ses faux peintres arnaqueurs, ses hippies d'un autre âge, ses cracheurs de feu et ses Japonais harassés qui n'ont qu'une journée pour visiter Paris mais des kilomètres de pellicule dans leurs appareils photos bien sûr également japonais. Impossible d'imaginer qu'on était à Paris, sur la Butte, au cœur d'un des quartiers les plus célèbres (et les plus frelatés) de la capitale la plus célèbre du monde. On était « chez Anna ». Ailleurs. Comme sur une autre planète. Même le Sacré-Cœur, sur lequel donnait l'unique fenêtre de la salle de bains, semblait une reconstitution du Sacré-Cœur. Un monument imaginaire peint sur la toile de fond de la nuit. Une sorte de jouet phosphorescent avec ses énormes bulbes byzantins comme suspendus au-dessus des ténèbres, par-dessus Paris, tremblant comme un mirage dans le déluge de lumière blanche des projecteurs.

Ça allait bientôt faire dix ans qu'Anna avait débarqué à Paris avec une minable valise de carton pour tout bagage. Immédiatement elle avait décidé qu'un jour elle s'installerait ici, au sommet de la capitale, sur la Butte, à l'ombre des tours du Sacré-Cœur et que c'est là qu'elle régnerait. Elle était allée assez vite finalement à atteindre son but, à réaliser son rêve. Plus vite qu'elle ne l'imaginait elle-même au départ. En avance d'au moins deux ou trois ans sur son propre calendrier. Une belle réussite. Totale. Eclatante. Elle n'avait aucune raison de se plaindre. Le passé, Prague, ses premières années d'existence, tout ça était derrière. Fini. Englouti. Ça n'avait jamais existé. C'était resté de l'autre côté du Rideau de Fer. Tous ses mauvais souvenirs étaient morts. A jamais. Elle repartait à zéro et en beauté.

Au moins c'est ce qu'elle avait cru jusqu'au printemps dernier. Très exactement jusqu'au jour où Frantisek Ouporova avait poussé la porte du *Vltava*. Et où, bouche bée, livide, elle avait vu resurgir à travers lui un vieux cauchemar patiemment enfoui sous les épaisseurs successives du temps et des années. Un souvenir cuisant comme une blessure qu'on rouvre brutalement. Ça avait été une sensation analogue à celle du type qui vient de se faire refaire le visage par la chirurgie esthétique et à qui on arrache ses pansements alors que les cicatrices sont encore toutes fraîches... Une impression atroce... Pendant quelques instants, il y eut un brouillard rouge dans ses prunelles. Une vraie buée de sang. Et puis elle se reprit et avança, souriante, détendue, parfaitement maîtresse d'elle-même, vers Frantisek Ouporova, ce fantôme resurgi des égouts de sa mémoire.

Le plus extraordinaire, c'était qu'Ouporova lui-même ne l'avait pas reconnue. Pour lui, à l'époque, elle n'avait été qu'une victime parmi des dizaines d'autres. Des centaines peut-être. Quelques cris, des larmes, deux jambes et deux bras qui se débattent désespérément, qu'on cloue au sol et qu'on maîtrise. Une bouche qu'on bâillonne. Un corps qu'on ouvre brutalement et qu'on force en riant aux éclats entre deux rasades de vin de Moravie ou de bière de Plsen...

Puis qu'on oublie...

Presque instantanément.

Une victime. Une violée anonyme parmi tant d'autres. A peine un être humain.

Un corps qu'on renvoie au néant après en avoir usé à sa guise.

Une morte. Une noyée.

Pire. Une prisonnière.

Evidemment, aussitôt qu'elle avait compris que Frantisek Ouporova ne la reconnaissait pas, Anna avait été aux petits soins avec lui.

Un client pareil ça se ménage, ça se chouchoute.

Il fallait absolument qu'il ait envie de revenir. Plusieurs fois. Qu'il ne vive plus que pour ça.

Jusqu'au jour où elle serait prête...

Ce jour était arrivé.

In extremis puisqu'on était le 1er août. Le 5 le *Vltava* fermait comme chaque année pour trois semaines. Et comme chaque année, Mme Brozek partait dans le Midi avec ses « pensionnaires ». Sur la Côte. Une villa à Roquebrune-Cap-Martin qui donnait directement sur la mer. Grandes vacances pour tout le monde. A part quelques visites, bien sûr, de Messieurs triés sur le volet qui villégiaturaient dans le coin. Les « petites » étaient déjà averties qu'elles devraient quand même un peu travailler, vacances ou pas. Mais qu'est-ce que c'était à côté des cadences infernales du *Vltava* toute l'année ? Une misère. On ne pouvait même pas appeler ça du travail. C'était tout au plus une gentillesse qu'elles faisaient à leur bienfaitrice, Anna Brozek, la patronne du *Vltava*, qui se donnait tant de mal pour elles. Mieux que leur vraie mère qu'en général elles n'avaient pas connue très longtemps. La plupart des filles qui travaillaient pour Anna et vivaient dans les chambres mansardées de la grande maison de la rue Norvins, elle les avait choisies orphelines. En majorité recrutées à leur sortie de Maisons de rééducation ou d'orphelinats d'où elles démarraient dans la vie avec des atouts avoisinant le zéro, elles n'avaient pas fait beaucoup de manières pour venir grossir le cheptel du *Vltava*.

Bien entendu, Anna les triait sur le volet, côté physique. Pour le reste, elles devaient observer point par point, scrupuleusement, les différents articles du règlement de la maison. Anna était très stricte là-dessus. Le *Vltava* n'était pas un bordel. Elle tenait à lui conserver sa réputation et son standing élevés qui étaient en train de la mener au succès. Et à la fortune.

Il n'y avait que Tereza qui n'était pas passée par la « filière maison de correction ». Mais Tereza c'était un cas à part. Une compatriote. Presque comme sa fille. Elle avait pour Tereza des faiblesses qu'elle n'aurait jamais pour les autres. Même pour Marie-Claude ou Odile. Même pour Alata, la grande Ivoirienne aux reins si creusés et aux fesses si proéminentes qu'on avait l'impression qu'on aurait pu y poser une coupe de champagne, ou un plateau, qui auraient tenu parfaitement en équilibre, aussi droit que sur un guéridon.

Tereza était tchèque comme elle. De Bohême. Ensemble, il y avait des choses dont elles pouvaient parler et que les autres ne comprenaient pas. Les noms des rues de Prague par exemple. Les monuments. Tout un monde englouti pour Anna et qui se remettait à chanter sa rengaine mélancolique dès qu'elle l'évoquait avec Tereza. Ce snack-bar dans la Galerie Lucerna. La façade de l'hôtel *Alcron*. La place de Malostranska. Le Théâtre national. Le pont Jiraskuv. Le monument à la gloire de Jan Hus, sur la place de la vieille ville. Le café *Slavia* de la rue Norodni. Et tant d'autres choses qu'Anna ne reverrait jamais. C'était pour ça qu'elle tenait tellement à Tereza. Elle l'aimait un peu comme une jeune sœur. Une partie d'elle-même. Un morceau de sa mémoire.

— Tiens-toi tranquille, murmura-t-elle.

La jeune fille allongée sur la moquette havane de la salle de bains se tortillait encore un peu des hanches. Anna rampa le long d'elle pour lui caresser ses belles boucles blondes. Elle adorait effleurer ses cheveux. Tereza avait une crinière drue, rebelle, qui crépitait un peu sous le peigne. Elle aussi, Anna, avait été belle comme Tereza. D'une beauté dure, inentamable. Elle était toujours belle mais pas de la même façon. Il y avait ces deux rides amères autour de sa bouche par exemple, comme deux parenthèses. Et ce pli creusé entre ses sourcils. Elle était encore belle mais d'une beauté blessée, brisée, de plus en plus fragile au fil du temps qui passait. De plus en plus inquiète, menacée.

Elle revint entre les jambes de Tereza toujours aussi écartées et elle se concentra sur ce qu'elle faisait. Cette idiote n'avait même pas protesté tout à l'heure, quand elle lui avait expliqué ce qu'elle attendait d'elle. Pas plus de cervelle qu'un oiseau. C'est vrai qu'Anna y avait mis le paquet. Elle l'avait prise par son faible. La fringue. « J'ai des tas de maillots de bains ici », lui avait-elle dit. « Il y en a beaucoup trop pour moi. Ça me ferait plaisir que tu en choisisses deux ou trois pour cet été... » Et elle avait ouvert les portes coulissantes d'un placard sur sa caverne d'Ali Baba à maillots portant la griffe des plus grands couturiers de Paris.

C'est tout juste si Tereza n'avait pas battu des mains comme une môme en se précipitant sur le stock, les yeux écarquillés, émerveillés. Ensuite, pendant une heure, ça avait été la séance d'essayage devant la grande psyché inclinable. A chaque fois, Tereza se redéshabillait avant d'enfiler un nouveau maillot. Un une-pièce en jersey noir découpé sur les hanches. Un autre très échancré rose fuschia avec décolleté pressionné. Un troisième, bleu dur, en lycra, qui dégageait complètement les épaules. Un quatrième à une seule bretelle. Un cinquième dont l'échancrure descendait jusqu'à la naissance des fesses. Et à chaque fois Tereza se remettait nue, sautillait entre les maillots éparpillés, riait, se tordait devant la glace, s'examinait, s'admirait. Elle adorait se regarder nue et Anna adorait aussi la regarder. C'était un peu comme si elle se contemplait elle-même à plus de 15 ans de distance. Sauf qu'à l'âge de Tereza Anna avait déjà vu les chars du pacte de Varsovie écraser ce qu'on avait appelé dans les médias le « Printemps de Prague », cette tentative, aux alentours de 1968, de libéraliser le régime. Elle se souvenait de Dubcek et de son gouvernement. Elle avait vu les dirigeants de son pays littéralement kidnappés par les Soviétiques, emmenés en URSS, traités comme des criminels, séquestrés, battus et finalement contraints à signer avec Moscou un compromis au terme duquel toutes leurs récentes conquêtes démocratiques étaient balayées. Elle avait connu l'espoir fou du printemps de Prague puis l'humiliation et la terreur de la défaite. Tereza était née après, dans une société « normalisée », réduite au silence, matée. Elle ne pouvait pas imaginer ce qu'avait été cette époque. Anna et elle appartenaient à deux mondes complètement différents. C'était peut-être de là aussi, finalement, que venait l'insouciance de Tereza, son inconscience tellement incroyable. Incompréhensible pour Anna. Fascinante.

Après la séance d'essayage, Mme Brozek lui avait demandé de rester comme elle était, c'est-à-dire nue. Elle avait quelque chose à lui demander et Tereza était libre de refuser si ça ne lui plaisait pas. Tout le temps qu'Anna lui avait expliqué, c'était visible que Tereza faisait un gros effort pour se concentrer. Seulement, comme d'habitude, son cerveau lui échappait. Son attention se défilait. Elle louchait avidement vers le tas de maillots de bains en rêvant probablement aux infarctus qu'elle allait déclencher sur la Côte d'Azur, dans cinq jours, quand elle traverserait la plage pour aller se plonger dans les premières vagues. C'était plus fort qu'elle. A part les fringues, il n'y avait pas grand-chose qui pouvait mobiliser vraiment son attention pendant cinq minutes d'affilée. D'ailleurs Anna avait un peu compté là-dessus, il faut être honnête. Ça faisait longtemps qu'elle avait compris que Tereza était prête à vendre son âme pour une robe de Saint Laurent ou un tailleur Chanel. Elle lui aurait demandé d'aller poser une bombe sous les fenêtres de l'Elysée avec, au retour, la promesse d'un chandail de chez Agnès B. ou d'un ensemble signé Chantal Thomass, ce n'était pas absolument certain qu'elle n'aurait pas hésité. Anna avait pourtant longuement insisté sur les risques, sur les conséquences. Elle lui avait mis le marché en main. Elle voulait être franche avec elle. Ce qu'elle lui demandait n'était pas sans danger pour elle. On ne savait pas ce qui pouvait arriver pendant l'opération ni après. Elle était assez grande maintenant pour décider elle-même et ainsi de suite. Pendant tout le temps, Tereza, les fesses calées sur le rebord de la baignoire, jouait rêveusement avec les boucles blondes de son pubis. Elle en enroulait une autour de son index, la déroulait, la lissait, en prenait une autre... Finalement, quand Anna eut fini de parler, elle fit comme elle faisait toujours. Elle haussa une épaule, la droite, en la regardant et en se déhanchant un peu d'un air boudeur.

— Bon, eh bien je ferai ce que vous voudrez ! dit-elle enfin. Il n'y a pas de quoi en faire un tel plat, c'est pas si terrible !

Anna la regarda, un peu stupéfaite quand même de son calme.

Après tout, ce qu'elle venait de lui demander, ce n'était pas n'importe quoi.

Ça consistait simplement à tuer. A supprimer un individu.

Et de la façon la plus atroce, la plus sanglante qui soit.

***

Lentement, très lentement, l'index et le majeur de la main droite de Mme Brozek se retirèrent du ventre de Tereza. La patronne du *Vltava* venait de vérifier une dernière fois que « l'objet » était bien en place, tout au fond du sexe de la jeune fille. Elle avait fait ça avec une grande prudence, en prenant garde de ne pas effleurer, même du bout des doigts, le centre de l'objet en question, à présent complètement invisible.

Lorsque son index et son majeur réapparurent, les trois bagues que portait Mme Brozek à la main gauche scintillèrent à nouveau dans la lumière. Un grenat de Bohême à l'index, un saphir au majeur et une chevalière en or avec un camée en cornaline à l'annulaire. C'est pour ça que Tereza, pendant toute l'opération, s'était tortillée en se plaignant qu'Anna la chatouillait.

Tereza avait horreur qu'on la chatouille, elle ne supportait pas ça du tout. Une fois, au début, elles s'étaient retrouvées sur le lit d'Anna, nues toutes les deux, et la patronne du *Vltava* s'était amusée à l'effleurer du bout des doigts sous les bras, à la taille, au cou. Tereza était presque devenue folle, elle s'était précipitée sur Anna et les deux femmes avaient roulé au milieu des draps en se battant, pour jouer, avec des rires énervés. A un moment, Anna s'était retrouvée entre les cuisses de Tereza, la bouche juste à la hauteur de son ventre et elle avait furtivement enfoui sa langue dans les replis chauds et mouillés de son vagin. Ça ne s'était plus jamais reproduit depuis. Ce n'était qu'un jeu, un simple jeu qui ne portait pas à conséquence. D'ailleurs, qu'est-ce qui portait à conséquence pour Tereza ? Anna venait de lui expliquer en long et en large ce qu'elle attendait d'elle et la jeune fille avait accueilli sa demande avec un sang-froid invraisemblable.

Maintenant Tereza portait dans son ventre un objet qui signifiait la mort d'un homme et elle le savait. Et elle se relevait, s'examinait attentivement dans la glace, se contemplait à nouveau, recommençait à s'admirer en prenant des poses, un bras replié sur la poitrine pour remonter légèrement les pointes couleur framboise de ses seins, ou le ventre légèrement ondulant ou la taille un peu tordue pour scruter le galbe de ses reins. Elle avait l'air d'avoir déjà complètement oublié ce qu'Anna lui avait raconté.

Mme Brozek soupira.

— Tu ne sens rien ?

Tereza haussa à nouveau l'épaule droite.

— Rien du tout ! C'est incroyable, non ? Je

pourrais presque me balader comme ça sans même y penser.

Anna se pencha un peu sur elle, une main passée autour de sa taille.

— Ecoute... On va faire un essai. C'est indispensable. Il faut que je sois sûre que ça fonctionne.

Tereza pivota sur ses pieds nus.

— Un essai ? Mais comment ?

— Tu vas voir. Attends un instant.

Anna avait quitté la pièce. Deux minutes après elle réapparaissait. Nue elle aussi. Enfin, pas tout à fait nue. Cette fois, quand même, Tereza sortit de son indifférence perpétuelle pour pousser un petit cri. Un couinement de surprise, d'étonnement. Pas parce qu'elle voyait sa patronne en tenue d'Eve et pouvait constater, pour la seconde fois, que Mme Brozek s'épilait toujours soigneusement le pubis, ce qui laissait voir la longue taille de son sexe dont les grandes lèvres remontaient haut, larges et roses, sur son mont de Vénus. Non. Mais parce qu'Anna s'était sanglé autour de la taille une espèce d'énorme sexe d'homme en caoutchouc, un godemiché au gabarit monstrueux qui luisait sous les appliques en pâte de verre de la salle de bains, prolongé par deux testicules pendants et souples d'un réalisme presque hallucinant.

— Qu'est-ce que vous voulez ?... commença Tereza.

— Ne fais pas l'imbécile, la coupa brutalement Anna. Je viens de te dire qu'il faut que nous fassions une répétition. Tu vois ça ? Eh bien Frantisek Ouporova est à peu près monté de la même façon, n'est-ce pas ? C'est-à-dire comme un âne, oui. Ça t'étonne que je le sache ? Tu as oublié que ta chambre, comme toutes les autres, est équipée d'un miroir sans tain ? Bien... Alors on va essayer le truc comme si tu faisais l'amour avec lui. On va voir si ça marche. Tu vas faire les mouvements que je t'ai expliqué... Les contractions... Tu m'écoutes ?

— Oui, souffla Tereza.

— Les contractions, reprit Anna. Avec ta bouche intime... Je sais que tu peux le faire. Tu es très musclée, très étroite. C'est d'ailleurs pour ça que tu les affoles tous. Alors tu vas prendre la direction des opérations, avec Frantisek. Tu vas insister pour t'asseoir sur lui, et tu vas descendre lentement jusqu'à ce que...

D'en bas leur parvint, très étouffé, un concert de Klaxons, accompagné de protestations verbales. Ça se bataillait ferme entre touristes et automobilistes dans l'étroit boyau de la rue Norvins, pour l'accès à la place du Tertre...

Anna vérifia la solidité de la fixation des lanières de cuir passées entre ses cuisses et ses fesses.

Ses yeux cernés flamboyaient. Elle se laissa tomber souplement sur la moquette et s'y allongea, son sexe postiche en caoutchouc dardé en l'air comme une greffe monstrueuse qu'on aurait dit parfaitement vivante.

— Viens t'asseoir sur moi, lâcha-t-elle d'une voix presque étranglée.

Subjuguée, Tereza lui obéit. L'instant d'après, à califourchon sur sa patronne, elle commençait à s'empaler lentement sur le pieu artificiel qui jaillissait du ventre d'Anna Brozek.

CHAPITRE II

Au même instant, dans un deux-pièces-cuisine de la rue Montmartre, au cinquième étage d'un immeuble beaucoup trop délabré pour avoir été ravalé au moment où on a blanchi toutes les façades de Paris, un autre exilé d'origine tchèque était plongé en plein rêve, un verre de bière à la main, assis en face de la télé dont il avait coupé le son et qui lui envoyait en noir et blanc, pour cause de fins de mois difficiles, les images d'un autre monde. Le monde réel. Les informations du jour. Deux ou trois nouvelles bombes qui avaient explosé en France ou ailleurs. Les nouvelles mesures prises d'un commun accord contre le terrorisme par les gouvernements européens. Une fusée, sur un atoll polynésien, qui avait refusé de décoller. Une manifestation monstre en Irlande ou ailleurs. Les cours de la Bourse. La météo enfin pour finir. Pas la peine d'ouvrir le son pour deviner qu'il allait faire encore plus chaud demain qu'aujourd'hui. Ces cons de la télé avaient dessiné des petits soleils partout sur l'Hexagone. Quant aux températures, c'était une véritable horreur. Trente degrés demain sur Paris.

Depuis huit jours, Frantisek Ouporova avait

l'impression de se liquéfier complètement en dedans. Tout poissait, l'air, le goudron des rues, les objets qu'il empoignait, les visages des gens qu'il croisait. C'était comme une espèce de soufflerie géante continuelle. Comme un énorme séchoir à cheveux qui vous crachait en permanence son haleine de hammãm dans la figure. Jour et nuit. Et en plus, il habitait juste sous le toit de l'immeuble. L'hiver c'était encore pire. S'il avait le malheur de laisser un verre d'eau à moitié plein sur un meuble, il était sûr de trouver de la glace le lendemain matin.

Il grimaça en avalant une nouvelle gorgée de bière.

Qu'est-ce qu'il en avait à foutre de la température ? Il n'avait qu'à replonger dans le rêve au fond duquel il mijotait depuis son coup de téléphone, tout à l'heure, à la patronne du *Vltava*. Une vision fabuleuse. La petite Tereza, il ne la connaissait que depuis à peine trois mois mais il en était complètement dingue. Rien que pour la revoir, ce soir, avant que le *Vltava* ne ferme pour les vacances, il était prêt à claquer le tiers de son salaire et à renoncer à quitter Paris pendant tout le mois d'août. C'était une folie, il le savait, il avait à peine de quoi vivoter avec ce qu'on lui donnait pour traduire en tchèque les infos de *la Voix de Prague*, une émission quotidienne d'une demi-heure diffusée par Radio-France-Internationale en direction de la Tchécoslovaquie pour renseigner les citoyens sur ce qui se passait dans le monde, à commencer bien sûr par les événements dans leur propre pays.

Il avait déjà eu de la chance de décrocher ce job à son arrivée à Paris, deux ans avant. Décidément, on aurait dit qu'il cherchait les emmerdements. Que ce qui lui était déjà arrivé, à Prague, ne lui suffisait pas...

Il se leva, balança un instant la jambe gauche dans le vide parce qu'il avait des fourmis dans le mollet et se dirigea d'un pas lourd vers la cuisine. Il ouvrit le réfrigérateur minuscule pour y chercher une autre bière. Là-dedans, c'était plein de trucs moisis, une vraie jungle de cochonneries, de denrées immangeables, de yaourts par exemple qui avaient dépassé depuis six mois leur date limite de consommation. Il n'avait jamais su s'occuper d'une maison. Il n'allait pas commencer, à 52 ans passés.

Il revint avec une nouvelle canette vers le divan et s'y laissa tomber. Les ressorts couinèrent sous ses cent-six kilos. Il était trop gros. Il perdait ses cheveux. Il lui manquait trois dents du haut, à gauche, qu'il n'aurait sûrement jamais plus le moyen de remplacer. Mais ça, il s'en foutait. Il allait revoir Tereza, il avait rendez-vous avec elle dans quelques heures, à minuit pile, c'était tout ce qui comptait.

Il redescendit dans son rêve comme au fond d'un marais. En réalité, ce n'était même pas Tereza à laquelle il pensait. C'était à un point précis de sa personne : son ventre. Son sexe. Sa « chatte » comme on dit en français. Il avait appris ce mot-là très vite, en débarquant à Paris, c'était un des mots qu'il avait eu le plus de facilité à retenir. Il en connaissait maintenant pas mal du même genre. Il les fredonnait de temps en temps comme une mélodie. Le ventre de Tereza était un dédale fabuleux. Il n'avait jamais connu ça, une fille si étroite et si musclée. Il suffisait, quand il était en elle, qu'elle rentre un peu le ventre et c'était, à l'intérieur, comme si elle était en train de casser en deux son érection tellement elle se contractait. Du coup, il avait l'impression, lui, de doubler de volume. Et plus il s'enfonçait, plus c'était étroit. Quel âge elle pouvait avoir? Il lui avait donné 15 ans la première fois et elle avait éclaté de rire. Elle n'avait peut-être même pas 15 ans? Peut-être qu'il était son deuxième ou troisième amant? Cette disproportion entre l'organe qu'il pénétrait et son propre membre l'affolait littéralement. Il se disait à chaque fois qu'il allait la perforer, la faire éclater de l'intérieur, la déchirer. C'était ça surtout qui était inouï, cette sensation de la massacrer quand il la sautait. Il n'avait connu la même impression que deux ou trois fois, jadis, un des jours de chance, quand il faisait partie de la STB, la Sécurité d'Etat tchèque, et qu'il pouvait débarquer à l'improviste chez n'importe qui, à n'importe quelle heure, bousiller la porte, tout saccager sous prétexte de perquisition, et s'envoyer la femme ou la fille de la maison dans un coin de l'appartement pendant que les collègues commençaient les interrogatoires. Une sensation inoubliable qu'il n'avait jamais retrouvée. Sauf avec Tereza, au *Vltava*. Mais Tereza, il fallait la payer. Cher. Très cher. Les temps avaient changé. Il était dans un pays civilisé maintenant. Une démocratie. Il ne pouvait pas faire n'importe quoi comme là-bas. Il fallait qu'il mette les formes. Tereza, c'était ce qu'il avait trouvé de mieux et de plus excitant comme succédané aux viols qu'il avait commis quand il était flic, à Prague, autrefois. Dans le bon vieux temps. Avant qu'il ne se mette à faire tant de conneries que le sol avait commencé à brûler sous ses pieds...

Il grimaça en constatant que sa nouvelle canette de bière était déjà vide. Finalement c'était sa seule habitude de là-bas qu'il avait conservée. La bière. Les Tchèques s'en enfilent des quantités pharamineuses chaque soir en discutant jusqu'au petit matin. De la vraie bière tchécoslovaque. De Plsen. Rien à voir avec cette espèce de pisse de chat occidentale.

Il se leva à nouveau. Il était en caleçon blanc à rayures bleues d'où sortaient deux longues jambes maigres. Il avait de l'estomac et les poils sur sa poitrine étaient blancs depuis longtemps. Tereza lui avait soufflé dans l'oreille, un soir, qu'elle adorait ça, qu'elle ne pouvait supporter que les hommes mûrs. Bien mûrs. Ça lui avait fait plaisir sur le moment, mais est-ce qu'on peut faire confiance aux propos d'une pute ? Parce que Tereza, quand même, n'était qu'une pute. Une pute merveilleuse, adorable, ensorcelante, mais une pute.

Dans la cuisine, il se décapsula une nouvelle canette. Il faisait encore plus chaud que tout à l'heure. Il s'épongea le front avec un torchon couvert de taches brunâtres. Sur la porte du réfrigérateur, il avait collé des billets de banque. Des Couronnes. La monnaie nationale tchèque, qui se divise en mellers. Un souvenir du bon vieux temps. Il les avait collés là pour rigoler. En France, si vous essayez de changer des couronnes dans une banque, on vous regarde comme si vous vous ameniez avec un sac plein de coquillages. Alors mieux vaut les conserver comme décoration. Il calcula pour la millième fois, machinalement, ce qu'il aurait pu s'offrir, à Prague, avec toutes ces couronnes. Et puis il haussa les épaules. C'était idiot, de penser toujours à son pays natal. La Tchécoslovaquie, pour lui, c'était fini. A jamais.

Il avait eu d'autant plus de chance de se faire brancher sur le *Vltava*. Un établissement tenu par une ex-compatriote. Ruineux mais fabuleux. Surtout que, parmi les accueillantes protégées de Mme Brozek, il avait tout de suite déniché l'oiseau rare. Une autre Tchèque toute jeune, une petite hôtesse adorable qui riait entre deux pipes comme une écolière en train de jouer à la marelle. Depuis, il était un autre homme. C'était comme si un mini-Hiroshima lui était passé dans les neurones et n'avait pas laissé grand-chose debout.

Il se laissa retomber sur le divan et se repassa comme une bande-vidéo les postures les plus lubriques de Tereza. Ses spécialités extraordinaires. Les fameux « suppléments »... Ce fut comme une bouffée de chaleur qui ripolina en cramoisi la couperose qu'il avait sous les yeux. D'une main tremblotante, il gagna le vieux pick-up sur la table de chevet. Il lui fallait de l'accompagnement sonore pour ce qu'il voulait faire. Madonna, c'était exactement ce dont il avait besoin. Son dernier disque. Un truc torride quand on connaissait l'anglais. Et Frantisek parlait très bien la langue de Shakespeare. C'est ce qui lui avait valu de grimper dans la hiérarchie assez rapidement, dans la redoutable STB. Avant d'en dégringoler d'ailleurs encore plus vite.

Immédiatement, la voix de la superstar du rock lascif se mit à chauffer encore un peu plus l'atmosphère.

« *Don't put off, cause I'me fire and I can't quench my desire...* »

Un de ses grands succès : « *I'm burning up* ». Quand on n'a pas les sous-titres français, ça peut encore aller. Sinon, ça frise carrément l'attentat à la pudeur. En version hexagonale, le texte de la chanson de Madonna était le suivant : « Ne me repousse pas, je suis en feu et je ne peux assouvir mon envie... » Et ça continue par : « Sais-tu que je me consume pour toi ? Si tu trouves que ce n'est pas assez, je me mets dans cette position et je réclame l'imposition. » Bref, c'était juste ce qu'il fallait à l'ancien flic du STB pour accompagner les visions crépitantes de Tereza qui lui éclataient dans les rétines. Couché en travers du divan, tête renversée, il sortit de son caleçon un sexe énorme déjà turgescent, noueux, et rose, qu'il tint quelques instants, battant au-dessus de son ventre. Au bout de ce sexe, il y avait l'image de Tereza, son corps mince, fragile, son ventre blond, sa fente si étroite que c'était comme si à chaque fois c'était dans le chas d'une aiguille qu'il essayait de s'introduire. Ses yeux se révulsèrent un peu dans le vide et ses globes oculaires blancs chavirèrent. Madonna, sur le pick-up, chantait qu'elle aussi avait besoin d'amour. Tout le monde avait besoin d'amour. Lui comme les autres. Pour ça il était prêt à payer le prix fort. Il aurait allongé le double si ça avait été nécessaire. Il était dingue d'elle, il le savait, et rien au monde n'aurait pu l'empêcher d'aller jusqu'au bout de son destin.

— Tereza, Tereza, s'étrangla-t-il.

Il s'activa de la main droite encore quelques instants puis se souleva dans un furieux soubresaut et le liquide blanchâtre se mit à retomber sur sa main puis son ventre en gros bouillons.

Sur la table de nuit, près du pick-up, il y avait la carte du *Vltava*. Un joli dépliant rouge avec des lettres d'or. « *Restaurant* » « *Spécialités tchèques* » « *Club privé* ». Si vous ouvriez le dépliant, vous aviez une surprise. Il n'y avait plus rien d'écrit. Seulement un dessin : une fille nue, à quatre pattes, sur les fesses de laquelle était posé un plateau avec des vins d'apéritif et une bouteille de Silvovice. La pub d'Anna Brozek n'avait rien d'abusif. C'était en effet comme ça qu'on accueillait les clients. Pas au restau du rez-de-chaussée, bien entendu. Mais au premier. Derrière la double porte capitonnée du « Club ».

Une petite pièce toute tendue de velours pourpre où il y avait en permanence trois ou quatre filles, à genoux, mains au sol, qui vous servaient de tables pour poser vos consommations...

Frantisek Ouporova retomba sur le canapé, hagard. Son sexe se recroquevillait lentement, par petits battements imperceptibles, comme s'il était rentré téléscopiquement en lui-même, entre ses cuisses.

Une fois, au Club, une des filles avait bougé et le verre d'un client, posé sur ses reins, était tombé par terre. Immédiatement Anna Brozek était apparue et avait giflé l'employée. Celle-ci avait protesté, disant que ce n'était pas sa faute, que le client l'avait chatouillée en la caressant entre les fesses. Mais Mme Brozek n'avait rien voulu entendre. Elle avait entraîné la fille au second étage. On ne l'avait plus jamais revue au *Vltava.* Mme Brozek ne plaisantait pas avec la discipline et la tenue de ses protégées. C'était pour ça que sa boîte marchait si fort d'ailleurs. Un établissement sérieux, par les temps qui courent, ça n'a pas de prix.

Frantisek se releva sur les coudes, regardant le décor lugubre de son appartement de célibataire.

— Je suis dingue, pensa-t-il. Elle est en train de me rendre dingue...

Il retomba, assommé. Prêt à tout accepter de la destinée pourvu qu'il puisse voir Tereza aussi souvent qu'il le voudrait.

CHAPITRE III

La jeune fille blonde siffla en regardant ce que lui montrait Anna Brozek.

— Bon Dieu, lâcha-t-elle. Incroyable ! Je ne croyais pas que ça couperait si fort et si vite ! C'est fabuleux. Je n'ai rien senti.

La patronne du *Vltava* regarda une fois de plus Tereza. Incrédule. Décidément, cette fille était une énigme. L'essai qu'elle venait de faire était horriblement concluant. Ça signifiait la mort d'un homme. Une mort abominable, atroce. Et elle, Tereza, elle considérait tout ça comme un jeu. Une bonne plaisanterie. Une farce. Un peu macabre bien sûr, mais c'était tout.

Mme Brozek secoua la tête. Ça la dépassait. Tereza portait la mort en elle, son ventre était effroyablement piégé. Au fond du nid de son sexe, était tapi un engin de destruction plus dangereux qu'un champ de mines et ça ne déclenchait en elle que des réactions de môme insouciante...

Anna consulta sa montre.

— Il est temps que tu descendes, fit-elle. Tu as deux autres clients qui t'attendent. *Avant lui...*

Tereza pivota sur les talons. Déjà elle devait penser à la robe qu'elle allait enfiler.

Mme Brozek la retint au passage.

— Attends, souffla-t-elle.

— Quoi ?

— Espèce d'idiote, gronda Anna. Il faut que je te retire ce que je t'ai mis dans le ventre. Je ne te le remettrai que vers minuit, quand il arrivera.

Elle l'attira vers elle et effleura doucement ses lèvres.

— Idiote, reprit-elle, adorable idiote... Tu allais partir comme ça avec ce machin dans le ventre ! Tu veux massacrer tous mes clients, ou quoi ?

Elle s'attarda à lui caresser doucement les seins.

Sa « tueuse » était parfaite. Totalement froide, indifférente, absolument imperméable à tout scrupule moral. C'était exactement ce qu'il fallait. De la petite Tchèque exilée qui avait à peine 20 ans, elle allait faire une vraie machine à détruire.

Une tireuse d'élite.

***

Frantisek Ouporova s'épongea le front avec un mouchoir à gros carreaux. Le Club du *Vltava,* il fallait vraiment le connaître pour y entrer. Du dehors, on n'avait aucune raison de repérer la petite porte, à droite de la vitrine du restaurant, rue Norvins. Une porte d'immeuble comme une autre. Avec un code pour la franchir. Ça aussi, il fallait connaître. Tous les mois, le code changeait. Les habitués du Club en étaient informés par lettre, discrètement. Les membres du cercle très fermé du premier étage figuraient bien entendu sur fichier informatisé et recevaient régulièrement le programme des festivités exceptionnelles, genre soirées à thème ou fêtes costumées. Ces soirs-là, il fallait payer un supplément. Neuf cent quatre-vingts francs par personne. Ou par couple. Les femmes, légitimes ou pas, étaient très bien accueillies et il n'y avait pas de supplément pour elles. Ici, les dames étaient toujours invitées. Sans obligation de payer de leur personne si ça ne leur disait rien. C'était l'une des clés du succès de l'établissement de Mme Brozek. On était libre d'y faire ce qu'on voulait. Si c'était non, c'était non. Bien sûr, si c'était oui c'était encore mieux. Mais si on n'avait pas envie, personne ne vous le reprochait. Il faut dire que les mâles de l'assistance ne risquaient pas d'être frustrés puisque, outre les créatures occasionnelles venues accompagnées, il y avait en permanence, pour satisfaire leurs désirs, tout le bataillon d'hôtesses du Club qui ne demandaient qu'à servir « *Le Vltava* n'est pas une vulgaire boîte à partouzes »... C'était une des maximes favorites de Mme Brozek. En forme d'avertissement. Le client était roi, mais à condition de respecter les convenances. A l'extrême rigueur, on pouvait passer une soirée dans le petit salon du premier sans s'apercevoir de rien ou presque. On trouvait bien que les femmes y étaient assez délurées, et en général très décolletées, mais enfin de nos jours, avec la libération des mœurs, il faut se lever tôt pour trouver quelque chose qui surprend. Il n'y avait que les filles nues et à genoux, les « soubrettes » à quatre pattes qui servaient de « tables » pour les consommations, qui mettaient une note plutôt inhabituclle dans le décor. Mais à part ça, la plus grande discrétion régnait dans les caresses, sur les banquettes de velours rouge du petit salon. C'est dans les pièces voisines que se déroulaient les choses sérieuses.

L'ancien flic de la Sécurité d'Etat tchécoslovaque se fouilla. Il s'était sapé élégant. Le plus qu'il pouvait. Il avait enfilé son seul et unique costume. Beige en lainage chiné. Avec cravate cachemire. Le tout acheté au moment de son arrivée à Paris, pour « présenter bien » quand il cherchait du travail. De la poche de son pantalon, il remonta le petit bout de papier sur lequel il avait inscrit le code d'entrée du Club. « 29-34-B ». Parfait. Il pianota rapidement et la porte en chêne verni mais blindée à l'intérieur eut un couinement métallique. Il la poussa et s'engouffra dans le couloir. Derrière lui, un bataillon de Japonais en train de découvrir l'Europe en quatorze jours grimpait à l'assaut de Montmartre avec des masques impassibles de samouraïs montant au combat. Il y en avait tout de même un qui avait enfilé un tee-shirt avec une tour Eiffel dessus et un autre qui, tout fier, balançait entre ses doigts un porte-clés avec une Notre-Dame chromée au bout.

La porte claqua en se rabattant sur le monde extérieur. Frantisek avala la volée de marches recouvertes d'un tapis qui étouffait les moindres bruits. D'en haut, parvenaient déjà des rafales de Cliff Richards, *Born to rock'n roll.* Frantisek Ouporova accéléra encore. Il était presque minuit et il avait des fourmis qui lui chatouillaient l'épine dorsale. La flambée du désir brutal lui envoyait des pulsations brûlantes. On aurait dit que tout son réseau sanguin se drainait lentement vers son entrejambe. Ça faisait des heures qu'il ne pensait plus qu'à Tereza. Il était obligé d'enfouir ses mains dans ses poches pour les empêcher de trembler. La vie était injuste. Cette fille le rendait dingue et il ne pouvait se la payer au maximum qu'une fois par mois. Et encore ! A peine deux ou trois heures, en allongeant des suppléments toutes les vingt minutes...

Il hésita sur le seuil du salon tapissé de velours rouge. La seule décoration, au milieu des plantes, c'était la reproduction encadrée d'un tableau de Liebscher, un peintre tchèque : « La lutte des Pragois contre les Suèdois sur le pont Charles en 1648. » Un épisode mémorable de l'histoire de la Bohême.

— Bonsoir, murmura une voix sur sa gauche. Vous êtes un peu en avance, non ?

Mme Brozek en personne. Dans le salon, il n'y avait pas foule. Quelques couples éparpillés sur les banquettes ou les fauteuils et un bar en bois sombre, au fond, derrière lequel officiait un serveur très digne en veste blanche et pantalon noir. Le tout baignant dans une lumière rose étouffée.

Le regard d'Ouporova revint vers la patronne du *Vltava*. Ce n'était pas la première fois qu'il notait son amabilité exceptionnelle. Dès le début, elle avait été aux petits soins pour lui. Bien plus qu'avec les autres clients. Ça devait être la voix du sang qui voulait ça. La nostalgie du pays natal. En tout cas, ce n'était certainement pas l'état des finances de Frantisek qui la rendait si accueillante. Elle l'avait du premier coup jaugé à sa juste valeur. La vérité c'était qu'il ne valait pas un clou. Tout juste bon à se ruiner, chaque fin de mois, quand son salaire était versé directement sur son compte en banque.

— Ça ne fait rien, souffla-t-il. J'attendrai.

Mme Brozek virevolta dans la mousseline mauve pastel de sa robe, délicieusement vaporeuse, toute en transparence couleur aube d'été. Une fois de plus, Ouporova se dit qu'il faudrait qu'il essaie aussi avec elle, un jour... Elle était encore très belle, la patronne du *Vltava*. Seulement voilà, elle l'intimidait. Il y avait quelque chose de dur, de calculateur dans son regard qui se posait brusquement sur lui, tandis que tout le reste de son visage lui souriait. Ça lui faisait désagréablement froid, tout à coup. Il oscilla. Dans le fond du salon, appuyée du dos contre le bar, une jeune femme rousse avait ouvert sa robe de haut en bas, elle l'avait déboutonnée et elle dansait en ondulant du ventre, les bras un peu écartés du corps, les jambes légèrement ouvertes et les yeux clos. Elle n'avait rien dessous, bien sûr. A part cette espèce de source de lumière cuivrée de son pubis qui chaloupait à un rythme à vous donner le mal de mer.

— C'est toujours comme ça, murmura Anna Brozek en suivant son regard. Il faut bien qu'il y en ait une qui se décide à donner le signal. Sinon ça traîne et tout le monde s'énerve...

Cette exhibition de la rousse, c'était la limite de ce qu'elle tolérait dans le salon. A part, bien sûr, les filles nues à quatre pattes qui tenaient les plateaux avec leurs consommations en équilibre sur les reins. Il n'y en avait que deux, ce soir. Une brune maigre et une blonde, tout en seins et fesses, dont les énormes boucles d'oreilles en argent, vu sa position, pendaient presque jusqu'au sol. Le reste, les choses sérieuses, se déroulaient ailleurs. Dans la salle de billard par exemple. Ou le « confessionnal ». On appelait ainsi une petite pièce dans laquelle les couples qui voulaient être tranquilles pouvaient s'enfermer à clé. Seulement, un des murs de la pièce était formé d'une paroi de croisillons en bois, exactement comme celles des confessionnaux, par lesquels les voyeurs pouvaient se faire plaisir sans déranger personne...

La jeune femme rousse continuait à danser toute seule. Sauf que maintenant le bout de sa main droite était entré en contact avec la touffe flamboyante de son pubis et un long index rouge carminé cherchait à tâtons le museau de son clitoris. Du coup, l'un des couples sur la banquette commença à se caresser.

— Vous voulez boire quelque chose ? murmura Mme Brozek.

Ouporova agita la main.

— Pas tout de suite, souffla-t-il.

Elle tendit son visage maigre vers lui.

— Alors vous pourriez régler les formalités avec Slim ? Ça vous ferait gagner du temps tout à l'heure...

Slim c'était le barman en noir et blanc. Son visage décharné aussi avait l'air en noir et blanc, tellement il était perpétuellement livide, avec des sourcils et des cheveux très noirs. Quant aux « formalités », ça consistait à donner sa carte de crédit et à signer la fiche sur laquelle était portée la somme qui allait être débitée de son compte : cinq cent cinquante-neuf francs. Les suppléments, s'il y en avait, se réglaient à la fin, à la sortie.

— J'y vais, grogna Frantisek en se dirigeant vers Slim.

Mme Brozek pivota sur ses talons aiguilles.

— Je vais voir si elle est prête, souffla-t-elle.

*
**

Il avait déjà bien fait dix fois le trajet, il aurait pu le refaire quand on voulait les yeux fermés. Mais il préférait de loin garder les yeux ouverts et suivre Tereza qui marchait devant lui, ses fesses d'enfant moulées dans un short fluo tellement étroit qu'on se demandait à chaque pas qui allait gagner, le short ou les fesses, qui allait avaler qui, et qu'on priait le ciel évidemment que ce soit la raie de ses fesses qui remporte cette bataille insoutenable et finisse par bouffer tout cru le fragile tissu du short.

Frantisek la suivait comme un automate. Il fallait traverser d'abord tout le premier étage. Le vaste billard baignant dans une lumière d'aquarium où une fille, à demi allongée sur le tapis vert, se faisait marteler à grands coups de reins par un type qui avait gardé sa veste et sa cravate mais dont tout le reste était par terre, en rond à ses chevilles.

Puis d'autres pièces. Celle où s'ouvrait la porte du « confessionnal ». Puis encore des chambres. Enfin on se trouvait au bout du couloir. Pas de porte. Aucune issue. Rien qu'un mur recouvert d'une tapisserie contre laquelle était suspendue une cible pour jouer aux fléchettes. Quelques fléchettes étaient plantées dedans. D'autres étaient posées à côté, sur un guéridon en marqueterie. Comme à chaque fois, Tereza en prit une. Il fallait bien viser, du premier coup, dans le centre de la cible. Elle fit sauter l'objet dans sa main, avec sa pointe effilée et son empennage multicolore. Elle était entraînée pour ça. Elle ne ratait pratiquement jamais son coup.

La fléchette vibra.

La pointe s'enfonça pile dans le milieu de la cible.

Et le mur couvert d'une tapisserie glissa, coulissant sur lui-même, tandis qu'une bouffée de moisi leur sautait au visage.

— Viens, souffla Tereza avec un grand sourire.

Elle lui avait pris la main, comme à chaque fois qu'il s'apprêtait à traverser l'autre appartement aux murs lézardés. Quatre pièces en enfilade d'une nudité totale. Les papiers arrachés pendaient. Des plâtres étaient tombés du plafond sur le parquet défoncé. Ce n'était pas seulement un autre monde, c'était aussi un autre temps. Comme une misère vieille de plus d'un siècle. Tereza lui avait dit, une fois, qu'elle avait peur quand elle passait par là toute seule...

Au bout du logement, il y avait un placard encastré dont le fond était truqué. Il suffisait de peser du bout des doigts sur deux encoches presque imperceptibles, dans le coin gauche, et la paroi pivotait sur elle-même.

On était dans le domaine secret des « filles de Mme Brozek ». Dix minuscules chambres où le lit occupait bien sûr la majeure partie de la place. Il y avait aussi un réfrigérateur, un téléviseur et un magnétoscope. Ainsi évidemment qu'une collection de cassettes triées sur le volet. Genre vidéo intime très chaude. Rien que les titres étaient déjà tout un programme : *l'Epilation sentimentale, Anus Dei, le Vagin des magiciens* ou *Trois touffes à nourrir*... Du grand art... Les murs de chaque « cellule » étaient insonorisés, recouverts d'une matière poreuse et alvéolée comme dans les studios d'enregistrement. Les fenêtres étaient garnies d'un double vitrage qui aurait résisté à des balles de très gros calibre et aucun bruit ne filtrait du dehors. De même qu'aucun cri ne parvenait du dedans vers l'extérieur.

La chambre dans laquelle Tereza s'enferma avec Frantisek était tendue de cretonne rose, par-dessus le revêtement insonorisant. La couverture du lit était rose également.

— Viens, murmura Tereza d'une voix rauque. Assieds-toi, détends-toi, je veux que tu te sentes bien... Que tu sois très heureux ce soir. Vraiment très heureux...

Il y avait un petit cabinet de toilette dans le fond de la pièce. Quand elle en revint, elle était totalement nue.

Frantisek sentit une nouvelle bouffée de chaleur qui l'envahissait. Une fois de plus il se dit que c'était injuste, qu'il ne pouvait posséder cette fille qu'une fois par mois alors qu'il aurait voulu l'avoir tous les jours sous la main, la palper, la caresser, se rouler sur elle, s'enfoncer en elle et tout y oublier...

Il avança les mains vers ses hanches étroites. Au centre, les boucles de son pubis brillaient comme des copeaux d'or.

— Attends, souffla-t-elle. Ne sois pas impatient. On a tout le temps. Tu me connais... Tu sais que j'aime bien te montrer tout ce que je sais faire.

Il sourit. Il la connaissait et il savait qu'elle était géniale. Déjà merveilleusement dressée par Mme Brozek. Par exemple, ce qu'elle était en train de faire en ce moment, il n'avait jamais vu ça nulle part. C'était fabuleux. Tereza venait d'allumer une cigarette. Une Chesterfield. Elle en avala deux bouffées et la tendit à Frantisek.

— Tiens-la-moi, tu veux bien ?

Il la regarda s'allonger sur la moquette, respirer profondément comme si elle entrait en méditation, puis commencer à relever lentement les jambes en l'air et les replier tout aussi lentement sur ses seins minuscules, fesses dressées très haut, cuisses écartées, offrant une plongée intégrale sur le fruit rose et gonflé de ses lèvres intimes ainsi que sur le puits froncé et brun de ses reins. Elle ne reposait plus, au sol, que sur ses omoplates et ses avant-bras.

Elle tendit la main.

— Donne-moi la cigarette.

Frantisek eut l'impression que des mouches commençaient à danser dans ses prunelles. C'était la seconde fois que Tereza lui offrait cette exhibition. Un de ses « talents » les plus affolants. Toujours aussi lentement, elle avait introduit le bout-filtre de sa cigarette dans la longue fente de son sexe et maintenant elle « fumait » avec sa bouche secrète. Par menues contractions, elle « tirait » sur la cigarette dont le bout rougeoyait tandis que s'élevaient des panaches de fumée bleue.

— Ça te plaît ? souffla-t-elle, la nuque cassée, les genoux reposant à hauteur de son menton.

Frantisek essaya de chasser ses bourdonnements d'oreille.

— Tu es championne, lâcha-t-il. Mais j'ai envie de toi maintenant. Viens !

Elle se débarrassa de la cigarette et se rallongea lentement.

— Je te trouve bien pressé, murmura-t-elle.

Il sourit avec difficulté.

— J'ai envie de toi, tu peux comprendre ça ?

Elle se relevait, ondulante de partout.

— Tu as tort, fit-elle. Je voulais t'offrir le grand jeu, ce soir. Tous mes talents. Tout mon répertoire.

Elle s'abattit sur lui en travers du lit.

— Pour te laisser un souvenir indélébile. Que tu ne m'oublies jamais. Jamais.

Il tiqua.

— Souvenir ? Pourquoi souvenir ? On va se revoir, je te le jure ! Et plutôt dix fois qu'une !

Elle hocha la tête.

— Qui peut dire de quoi demain sera fait...

Il la regarda. Elle était allongée sur lui, elle sentait la masse chaude contre son ventre du sexe de Frantisek qui grossissait et durcissait à toute allure.

— Qu'est-ce que tu as, ce soir ? demanda-t-il. Tu as du vague à l'âme ? Le mal du pays ? Je ne t'ai jamais vue comme ça !

Elle battit des paupières. Sur ses yeux passait comme un nuage étrange et gris.

— Ça ne fait rien, lâcha-t-elle enfin avec son haussement de l'épaule droite habituel. Puisque tu le veux, on va baiser.

Elle posa la bouche sur son cou.

— Mais c'est moi qui prends la direction des opérations. J'ai envie. Tu ne peux pas me refuser ça.

*
**

Une fois de plus, pour Frantisek Ouporova, l'ancien flic de Prague qui s'était pas mal défoulé sur les partisans de la libéralisation à la Dubcek, surtout quand les partisans en question étaient du type féminin, c'était la même sensation fabuleuse, inouïe. Plus il durcissait, plus il gonflait, et plus le ventre de Tereza dans lequel il pénétrait millimètre par millimètre semblait se rétrécir.

— Ne bouge pas, dit-elle. C'est moi qui descends sur toi. Ne bouge pas.

Le chevauchant, elle s'accroupissait lentement, s'empalant à petits coups. Déjà le gland avait disparu entre ses muqueuses rouges et gonflées. Peu à peu, le reste suivit tandis que le muscle circulaire interne de son ventre se resserrait comme pour l'étrangler. Elle progressait par petites secousses, se creusant entre les hanches tandis que sa bouche secrète semblait douée de mouvements autonomes, de pulsations merveilleusement élastiques.

— Tu es bien ? interrogea-t-elle.

— Tu ne peux pas savoir, lâcha-t-il.

— Vraiment bien ? insista-t-elle.

Il ne répondit pas. Il était complètement chaviré en arrière, les yeux fermés. Elle se dit que c'était mieux comme ça, que ce serait plus facile. Elle avait attrapé un oreiller derrière lui, un rose, comme le reste de la décoration. Elle n'avait pas envie de le voir quand elle allait s'enfoncer vraiment à fond sur lui, se planter jusqu'au bout de son vagin. Elle n'avait pas envie de l'entendre non plus.

Jusque-là, elle s'était retenue au-dessus de lui, un peu surélevée sur les genoux.

Elle se laissa tomber d'un seul coup, brutalement, en même temps qu'elle pesait de tout son poids sur l'oreiller et qu'il commençait à gigoter comme elle l'avait prévu.

D'un violent coup de boutoir elle s'empala encore plus profondément et elle sentit que quelque chose, au fond d'elle, se déchirait, s'ouvrait en deux. Quelque chose qui ne lui appartenait pas. Qui n'était ni plus ni moins que la virilité de l'ex-flic de Prague.

A sa grande surprise, les soubresauts de l'ancien policier de la Sécurité d'Etat tchèque cessèrent très vite. A vrai dire, il ne chercha même pas à lutter. Peut-être que l'horrible douleur de son sexe tranché en deux parties bien égales dans le sens de la longeur l'absorba beaucoup trop pour qu'il pense à se débattre. Ses bras battirent l'air quelques instants tandis que des grognements étouffés jaillissaient à travers l'épaisseur de plumes de l'oreiller. Il y eut encore quelques sursauts nerveux. Tereza décida de compter jusqu'à trois cents avant de relâcher son étreinte. La seule chose qui l'ennuyait, c'était ces bouillonnements écarlates qui dégoulinaient d'elle, entre ses jambes, et tachaient le lit. Elle n'avait pas pensé à ça, tout à l'heure, quand Anna Brozek lui avait expliqué le déroulement des opérations...

Quand elle arracha l'oreiller, il n'y avait plus qu'un cadavre au milieu des draps. Un visage tordu et livide avec des yeux exorbités et totalement fixes. Elle s'arracha d'un coup de reins à sa victime.

Plus bas, c'était beaucoup plus atroce. Une véritable boucherie. Le membre de Frantisek Ouporova, tranché en deux pratiquement jusqu'à la base, n'était plus qu'un amas de sang écumant qui dégoulinait à gros bouillons tandis qu'il achevait de se vider complètement.

— Dégueulasse, siffla Tereza. Répugnant.

Ce fut la seule oraison funèbre à laquelle eut droit l'ancien policier de la STB recyclé, en France, dans les émissions de radio à destination de l'Europe de l'Est, et qui avait eu le tort de tomber raide dingue devant une beauté de 20 ans qui avait l'air d'en avoir 14.

Tereza le regarda un instant, pensive, un doigt sur les lèvres, comme si elle n'arrivait pas à croire que c'était elle qui avait fait ça. Et puis, une fois de plus, elle fit son geste favori par lequel elle balayait tous les problèmes, tous les obstacles, toutes les difficultés de la vie. Elle haussa l'épaule droite.

Elle ne se sentait coupable de rien. Elle avait obéi. C'est tout. Elle avait fait ce que lui demandait Mme Brozek. Rien de plus. La patronne du *Vltava* allait être contente.

Peut-être même que, pour sa peine, elle lui ferait cadeau d'un maillot de bain supplémentaire !

Elle se précipita vers la salle de bains pour s'y laver et se souvint à temps de ce que lui avait recommandé Anna. D'abord retirer soigneusement l' « arme » redoutable qui se trouvait au fond de son ventre.

Jambes fléchies, cuisses un peu écartées, elle se fouilla prudemment et finit par sortir d'elle un objet qui, après avoir été lavé à grande eau, fut posé sur la tablette de verre fumé au-dessus du lavabo.

Ça n'avait l'air de rien comme ça. C'était une espèce de grosse boule en ivoire inoffensive. Toute douce au toucher, avec des parois minces, on aurait dit du papier à cigarettes, c'était agréable à caresser.

Mais le diamètre intérieur était occupé par une lame de rasoir toute neuve et bien tranchante. La boule d'ivoire était évidée et on pouvait voir briller la lame dans le fond.

Pour assouvir sa vengeance abominable, Mme Brozek n'avait pas choisi Tereza au hasard. La jeune fille possédait un talent particulier qui lui valait les suffrages émus de bien des clients du *Vltava*. C'était difficile d'oublier, quand on avait fait l'amour ne serait-ce qu'une fois avec elle, les contractions géniales dont son ventre était doué, si elle le voulait, pour vous pincer progressivement depuis le gland jusqu'à la base du sexe, lentement, presque scientifiquement, et vous faire « avouer » tout ce qu'elle voulait. Jusqu'à la dernière goutte.

Anna Brozek avait bien expliqué à Tereza comment il fallait s'y prendre. Elles avaient même fait un essai, en début de soirée, quand Anna s'était équipée d'un sexe artificiel, un énorme godemiché en caoutchouc, qu'elle avait retiré ensuite du ventre de Tereza, tranché en deux parties bien égales jusqu'à la base. Essai concluant.

Par contractions progressives de ses muscles internes, Tereza avait fait glisser la grosse boule d'ivoire logée au fond de son ventre, qui était allée à la rencontre du membre pour le couper dans toute sa longueur.

Tout s'était déroulé comme prévu.

Et Frantisek Ouporova était mort. En plein

bonheur. Presque sans s'en apercevoir. Comme certains de ces GI's américains autrefois, au Viêt-nam, qui s'envoyaient une prostituée du cru et se retrouvaient aussi sec sans rien entre les jambes qu'une espèce de lambeau sanguinolent par lequel leur sang fichait le camp à toute vitesse. Ça avait été la hantise de tous les soldats yankees à l'époque, ces putes au ventre piégé qui travaillaient à leur façon pour le Viêt-cong et joignaient l'utile à l'agréable, histoire de démoraliser un peu plus l'adversaire. Une tradition locale, d'ailleurs. Les paysannes vietnamiennes des siècles précédents avaient déjà pris l'habitude de « résister » de cette façon-là aux envahisseurs qui venaient les traquer au fin fond de leurs rizières pour les violer. On se défend comme on peut quand on n'a pas d'armes sous la main.

De ses longs doigts aux ongles effilés comme des griffes de jeune fauve, Tereza caressa rêveusement la demi-sphère d'ivoire qui cachait en son cœur une lame au tranchant meurtrier. Mme Brozek lui avait dit comment ça s'appelait, en vietnamien. Un *congaï*. Mme Brozek avait eu un amant officier dans l'armée française, un ancien commandant en Indochine, c'était de notoriété publique au *Vltava*. Il lui avait même pas mal mis le pied dans l'étrier quand elle avait démarré son restaurant et son club, en lui amenant du très beau monde. C'est sûrement lui qui lui avait parlé des *congaï*. Et elle s'en était souvenue au bon moment. Quand Ouporova, surgi de son passé, avait réapparu dans sa vie.

Tereza se rapprocha de la glace et s'observa, se trouvant les yeux un peu cernés. Après des émotions comme ça, elle avait besoin de dormir. Au moins douze heures. Elle adorait plonger dans le néant et en ressortir plus fraîche, plus désirable que jamais. Plus impitoyablement belle. Cette nuit, elle allait tomber au fond du sommeil comme une pierre, elle sentait ça.

Elle aurait presque pu se coucher auprès du macchabée exsangue et s'endormir sans problème. Elle en était capable, elle le savait. Tout ce qui s'était passé cette nuit, elle s'en moquait éperdument. Ce n'était pas sa guerre à elle, c'était celle d'Anna Brozek. Elle, elle n'avait fait qu'exécuter les ordres de sa bienfaitrice. Sans poser de questions. En vraie tueuse professionnelle.

CHAPITRE IV

C'était une fille très jeune, en longue jupe noire flottante à mi-mollets, avec un tee-shirt large Suzuki ras du cou mais tellement décolleté sous les bras qu'il suffisait qu'elle respire en se mettant de profil pour qu'on aperçoive ses lourds seins aux pointes un peu relevées, extrêmement brunes. Ses longs cheveux châtain cuivré flottaient dans le vent matinal. 6 h 30 : officiellement à cette heure-là, au début d'août, le soleil est levé depuis au moins deux heures. Il y avait encore tout de même des ombres bleutées dans le ciel, comme des souvenirs à la traîne de la nuit. Et un petit nuage perdu dans l'azur mais on ne donnait pas cher de sa peau. La journée, une fois de plus, allait être caniculaire.

La fille portait des espèces de chaussons chinois noirs aux pieds et sur le trottoir, jambes un peu écartées, un grand sourire aux lèvres, elle bloquait tout le passage.

— Je t'attendais, frère, murmura-t-elle. C'est toi que j'attendais, mais oui !

L'homme dont elle venait de barrer le passage ralentit en se rapprochant et s'arrêta complètement de courir. C'était un magnifique athlète brun en survêtement de coton rouge, Adidas blanches à rayures bleues aux pieds. Dans les boucles très noires de ses cheveux, on apercevait ici et là de minuscules fils d'argent mais ça n'était pas une raison pour lui donner un âge vraiment très précis. Des épaules à la Robert Mitchum et une tête qui en faisait le sosie d'Alain Delon achevaient de l'empêcher de passer inaperçu partout où il allait.

Sous le survêt, on devinait une cage thoracique plus infatigable qu'un poumon artificiel et une musculation générale super-entraînée de judoka. Il s'était approché en foulée rasante, bras à quatre-vingt-dix degrés du torse, tronc droit, un peu penché en avant. Maintenant, à dix centimètres de la fille, il continuait à jogger sur place pour ne pas perdre le rythme, tout en l'examinant attentivement. Il avait des yeux extrêmement noirs, genre laser naturel, et la fille se sentit traversée par ce regard. Mais, bizarrement, ça n'avait rien de désagréable.

— Vous pouvez me redire ça, s'il vous plaît ? demanda-t-il.

Déjà très haut, le soleil envoyait des kilos de lumière contre les vitres de la tour Montparnasse et les vitres en question renvoyaient toute cette lumière comme autant de poignards étincelants.

Sur la contre-allée du boulevard Edgar-Quinet, en bordure du cimetière, il n'y avait pas un chat à part eux. Rien que les voitures en stationnement aux vitres un peu embuées de la nuit. Et à perte de vue, les magasins avec leurs fatidiques affichettes du mois d'août annonçant leur fermeture annuelle « en application de la loi sur les congés payés » et ainsi de suite. Paris le 3 août. Un faux air de ville le lendemain du grand exode. Plus d'embouteillages dans les rues mais les engins des travaux publics en train de creuser des trous un peu partout. Et des queues interminables devant les magasins restés ouverts.

La fille releva les bras pour se tresser machinalement une grosse natte avec ses cheveux sombres.

— C'est toi, frère, répéta-t-elle. C'est toi que j'attendais.

Il hocha la tête. Il n'était pas sourd. Tous les cinglés n'étaient donc pas partis faire monter leur mélanine sur la Côte d'Azur. Il en restait un bon paquet dans la capitale et il avait fallu qu'il tombe sur un échantillon carabiné. L'inconnue était ravissante mais elle avait quelque chose de bizarre dans ses grands yeux verts. Une fixité étrange, un regard brouillé, absorbé, ailleurs. Absent.

— On se connaît ? interrogea-t-il aimablement.

La fille sourit. Elle avait les deux dents de devant très écartées. Les « dents du bonheur ».

— On est tous frères dans la lumière, fit-elle d'un air convaincu. Toi, je t'ai reconnu tout de suite...

— A quoi ? interrogea-t-il.

— Tu cherches l'amour...

Pas bête, pensa-t-il. Mais ça dépendait quel genre d'amour.

— Tu cherches l'amour et la lumière, reprit la fille d'un air pénétré.

Il haussa les épaules.

— On cherche tous quelque chose comme ça, fit-il sans trop s'avancer.

Elle sourit encore, découvrant à nouveau ses dents adorables.

— Mais quand on ne connaît pas la Voie, c'est difficile, non ?

Elle releva encore les bras pour se retresser les cheveux. Aux aisselles, bouclaient deux touffes de poils luxuriantes et cuivrées. Le jogger à carrure de champion olympique sentit brusquement que la température grimpait d'au moins dix degrés. On avait brûlé les étapes et on se trouvait en plein midi sans abri, sans ombre, sans rien.

— Tu la connais, toi, la Voie ? demanda-t-il en essayant de s'empêcher de sourire.

Elle fouilla dans son cabas, un grand sac de cuir fatigué d'où elle sortit une sorte de prospectus imprimé. Rien qu'à lire l'en-tête du prospectus, on pouvait tout de suite voir d'où ça venait. D'une certaine *Fraternité spirituelle universelle du Dieu d'Amour.* Le gourou de la FSUDA, en photo au milieu de la page, arborait un grand sourire perdu dans une barbe de dix kilomètres. Il y avait aussi un long laïus imprimé en petits caractères.

— C'est ça la Voie ? demanda-t-il.

Elle se rapprocha et posa les deux mains sur la poitrine de l'homme.

— La Voie est partout, murmura-t-elle. Ce matin, pour toi, la Voie passe par moi...

Ses mains descendaient tout doucement. Elles effleurèrent ses hanches et commencèrent à glisser en se réunissant progressivement sur son ventre.

— Tu as une préférence ? demanda-t-elle en se collant contre lui tandis que ses doigts commençaient à le masser à l'endroit où, chez un homme normalement constitué, ça peut changer assez vite de taille et de dimensions selon les occasions.

— Pour faire quoi ? souffla-t-il.

— Pour trouver ensemble la Voie et la lumière, lâcha la fille.

Il se pencha vers elle. Une pute mystique. C'était la première fois qu'il en rencontrait une.

Il jeta un coup d'œil à droite et à gauche sur le boulevard Edgar-Quinet. Un travailleur matinal, l'air mauvais de rester en carafe à Paris au mois d'août, se traînait vers le métro et se rapprochait d'eux.

— Ne restons pas là, murmura-t-il.

Sa voiture, une Golf GTI grise, était garée juste devant une boutique de Pompes funèbres. Un des rares magasins de la rue qui ne portait pas d'affichette « fermeture annuelle ». Pour la mort on n'a pas encore inventé les congés payés ni la cinquième semaine.

Drôle de façon de chercher « la Voie et la Lumière » ! A peine assise sur la banquette de cuir de la Golf GTI, la fille, renversée contre le dossier, avait relevé sa jupe noire et maintenant, mains sous l'étoffe bouillonnante, elle ramenait un minuscule slip, un machin assez spécial avec deux boutons pression sur les hanches ; il suffisait de les faire sauter et le petit bout de tissu se recroquevillait entre les cuisses. Découvrant une toison luxuriante, une épaisse touffe bouclée en relief au bas de son ventre.

— Je m'appelle Greta, fit-elle. Tu vas voir comme je suis douce. D'abord je vais te sucer et puis ensuite tu pourras me faire ce que tu voudras. Je suis bonne de tous les côtés mais si tu désires m'enculer, j'en serai ravie, frère...

Il y avait décidément beaucoup de chemins pour parvenir à la Lumière...

La tapineuse hocha la tête.

— Après, tu me donneras ce que tu pourras... Ce que tu voudras... Ce n'est pas pour moi, c'est pour la *Fraternité*. Pour que toute l'humanité découvre le Dieu d'Amour...

Son regard tomba brusquement sur le tableau de bord de la Golf.

— Tiens, dit-elle, tu as le téléphone ? Tu es riche alors ?

L'homme en survêtement rouge secoua la tête.

— Non, murmura-t-il. C'est une voiture de fonction.

Il toussota.

— Je suis flic.

*
**

Boris Corentin, inspecteur divisionnaire de la Brigade Mondaine (1) n'avait pas quinze ans de maison pour rien. Aux Affaires Recommandées, la section reine de la Mondaine, la section à super-risques, à coups fourrés et à scandales confidentiels dont il fallait démêler tous les tenants et les aboutissants en faisant bien attention que ça ne produise pas la moindre vague en surface, il en avait vu assez pour ne pas trop s'embêter rien qu'à se refilmer sa vie, quand il serait à la retraite, le plus tard possible, probablement en Bretagne, du côté d'Audierne face à l'Océan déchaîné tout près duquel il était né. Quinze ans à se défoncer sur des dossiers vaseux, à flairer des pistes sanglantes, à traquer des mégalos du sexe et du crime, des allumés de toutes les perversions, des combinards du plaisir par la souffrance. Quinze ans à écumer Paris et ses environs. Et même parfois à aller chercher le gibier de l'autre côté du monde, au Japon ou en Bulgarie, à Abidjan ou San Francisco. Il approchait maintenant de la quarantaine et il commençait à être assez connu pour qu'on se

(1) Ancien nom de la BSP, Brigade des stupéfiants et du proxénétisme.

retourne sur lui dans la rue, quelquefois, en se demandant où on avait déjà vu cette tête-là. Un flic beau comme un jeune premier de cinéma et qui mesure un mètre quatre vingt-cinq, ça ne s'oublie pas facilement, quand c'est passé ne serait-ce qu'une ou deux fois à la télé, aux infos de 20 heures, pour commenter en quinze secondes le dénouement de telle ou telle affaire qui avait tenu en haleine l'opinion publique pendant des semaines. Il n'en tirait d'ailleurs aucune gloire. Ce n'était pas lui qui était allé chercher les feux des projecteurs. Ce sont eux qui l'avaient traqué et s'étaient braqués sur sa personne sans lui demander son avis.

N'empêche que, même quand on croit tout savoir, on a encore des choses à découvrir. C'est ce que se disait Boris Corentin ce matin-là, alors que la fille soudain muette à côté de lui réenfilait son slip à boutons pression sur les hanches. Elle ne souriait plus du tout. Elle avait même l'air de regretter énormément que sa recherche de la Voie et la Lumière soit passée par lui. Le « Dieu d'Amour » venait de lui faire un sale coup et elle lui en voulait un peu.

Boris Corentin pianota sur son volant. Fatigué brusquement. La nuit dernière avait été blanche, à planquer dans le XVIIe arrondissement, sous les fenêtres d'un hôtel particulier, en bordure du parc Monceau, qui était resté obstinément vide. Le tuyau crevé d'un informateur qui lui avait fourgué cette histoire de petites filles et de vieux Messieurs en espérant obtenir une rallonge à son condé et qui, depuis l'aube, ne perdait rien pour attendre.

Il soupira en regardant la fille brune sur la banquette. Une tapineuse mystique! Il n'avait encore jamais vu ça... Et dire qu'en plus, par conscience professionnelle, il avait été obligé de l'arrêter alors qu'elle était en si bon chemin !

— Ne fais pas cette tête, murmura-t-il. Je t'embarque mais c'est pas un drame.

Il lui caressa doucement les cheveux.

— Bon, tu racoles, c'est une affaire entendue. Mais je te promets que si tu m'expliques bien en détails toute la combine, tu ressortiras libre dans deux heures.

Elle vira vers lui ?

— Quelle combine ?

— Ton histoire de « Fraternité spirituelle » ou je ne sais quoi. Ce n'est pas toi qui m'intéresses. C'est celui qui organise tout ça. Ton gourou...

Elle se cabra.

— Ce n'est pas un gourou ! jeta-t-elle. C'est le représentant du Dieu d'Amour sur terre !

Boris sourit en tournant la clé de contact.

— Si tu veux... Ça n'empêche pas qu'il vous envoie arpenter le bitume pour faire rentrer de l'argent dans les caisses. Comment tu appelles ça ?

La Golf GTI était en train de s'extraire de son créneau.

— Le « Swami Natkormano » dit que nous sommes comme des pêcheurs chargés de jeter nos filets dans les eaux de l'Amour...

Boris Corentin passa la seconde en douceur. La tour Montparnasse crépitante de soleil jouait les tours infernales au milieu du ciel intégralement bleu.

— Eh bien tu vois, murmura-t-il tout doucement, c'est exactement ça que je te demande de m'expliquer, en détail, et ensuite je te jure que je te rends ta liberté.

Il ne lui précisa pas la suite. Quand elle lui aurait tout raconté, elle se retrouverait libre, mais c'est probablement la Fraternité qui se serait volatilisée, étant donné qu'ils auraient certainement assez d'éléments pour coffrer le « Swami Natkormano » qui devait être Swami comme Boris était camérier du pape.

CHAPITRE V

Sur les marches de Gerflex de l'escalier A conduisant au second étage du 36 quai des Orfèvres, Boris Corentin dut faire un effort héroïque sur lui-même pour ne pas trop regarder le superbe derrière qui le précédait. Une paire de fesses qui devait être monumentale sous le tissu très fin de la jupe noire qui volait à chaque pas.

Décidément, c'était la matinée de tous les exploits. Tout à l'heure déjà, dans la voiture, boulevard Edgar-Quinet, il avait dû se rappeler plusieurs fois qu'il était flic pour stopper les entreprises de Greta, la petite tapineuse de la « Fraternité spirituelle universelle du Dieu d'Amour »...

Après le sas en verre épais sur le palier du deuxième, ils passèrent, au fond du couloir, devant la cage vitrée des gardes à vue. Ensuite c'était le bureau des Affaires Recommandées où Rabert et Tardet mijotaient déjà au-dessus de leurs dossiers.

— Ah, c'est vous Boris ? Vous tombez bien ! jeta Tardet en relevant son visage maigre et éternellement jaune.

L'énorme Rabert se mit à pétiller des prunelles en examinant la silhouette de la longue fille au tee-shirt très décolleté sous les bras.

— Mince ! siffla-t-il. Tu les ramènes au bureau maintenant ? Ça fait mauvais genre, tu sais ?

Boris agita la main. Il venait de poser son attaché-case tête-de-nègre sur son bureau. Dedans il y avait sa tenue de ville. Blouson de toile, jeans et chemise Lacoste bleue. Quand il faisait une petite heure de jogging matinal avant d'aller au Quai, il s'arrangeait pour se changer dans la voiture, en général. Seulement, cette fois-ci, il avait une passagère et il n'avait pas envie de se livrer à des démonstrations vestimentaires qui auraient pu lui rappeler pourquoi, à l'origine, elle l'avait accosté tout à l'heure. Il ne faut pas tenter le diable.

— Passe la main, tu veux bien ? lança-t-il. Figure-toi que Mademoiselle est ici pour répondre à quelques questions. Alors les plaisanteries grivoises, tu les gardes pour une autre fois, OK ?

Tardet releva le nez de son dossier.

— Vous ne m'avez pas entendu, Boris ? demanda-t-il. Baba (1) vous cherche. L'inspecteur Aimé Brichot est déjà dans son bureau.

Rabert épousseta quelques miettes de croissant tombées sur son bureau. Il en avait encore un petit bout entre les doigts de sa main droite, prêt à être trempé dans son café du matin.

— Même que ça va barder à mon avis, ajouta-t-il.

— Ah bon ? interrogea Corentin. Pourquoi ?

— Parce que c'est la toute grosse affaire, on dirait. Et que Mémé, qui devait partir dans trois jours rejoindre Jeannette et les enfants à La Baule, a comme l'impression qu'une fois de plus

(1) Surnom du commissaire divisionnaire Charlie Badolini.

on va le retenir par le fond de sa culotte ! Enfin bref, il ne se voit pas sorti de l'auberge, quoi.

Boris se gratta l'arête du nez.

— Ça recommence comme au moment de l'affaire du cap Ferret (1), on dirait, murmura-t-il.

— Sauf que là, il n'y a même pas la carotte au bout d'une villa au milieu des pins avec piscine et tout, grimaça Rabert. C'est du Paris-Paris, cette fois-ci, d'après ce que j'ai entendu dire. Alors tu imagines comme Mémé apprécie...

Boris soupira.

— Bon, eh bien je me change et j'y vais, murmura-t-il. Rabert ? Tu veux bien prendre Mademoiselle ?

L'énorme Rabert jaillit de sa chaise tubulaire.

— Et comment ! rugit-il.

Boris joua des épaules.

— On se calme, jeta-t-il. Tu te contentes de l'interroger bien à fond, ça suffira amplement.

— Et je l'interroge sur quoi ? demanda Rabert.

— Viens avec moi, fit Boris. Je vais t'expliquer tout ça pendant que je me change.

**

Passé la double porte du grand bureau meublé Empire de Charlie Badolini, chef de la Brigade Mondaine, Boris Corentin resta un instant sur le seuil à examiner la nuque de poulet déplumé d'Aimé Brichot, son coéquipier depuis quinze ans et son seul, son vrai, son plus grand ami. « Toi, mon coco, pensa-t-il en avançant dans la pièce, tu cuves, tu rumines et tu digères très mal, mais le plus dur est passé. Tu te demandes déjà

(1) Voir Brigade Mondaine n° 64 *La Plage aux nymphes.*

comment tu vas annoncer ça à Jeannette au téléphone... »

Le chef de la Brigade Mondaine ramena machinalement les deux mèches collées sur son crâne en désignant à Boris un fauteuil à accoudoirs en forme de griffes de lion, à côté de celui d'Aimé.

— Vous tombez très bien, grinça Badolini. Je suis en train de rafraîchir la mémoire de l'inspecteur Brichot...

Du bout de l'ongle, il creva un paquet de Celtiques et en sortit une cigarette qu'il porta à ses lèvres et alluma avec l'avidité d'un camé sevré d'amphés depuis quarante-huit heures.

— Corentin, reprit-il, vous souvenez-vous des circonstances de la mort de Lesterfield-Blainville, il y a trois ans ?

Boris croisa les jambes.

— Le diplomate Lesterfield-Blainville ? C'est la Brigade Criminelle qui s'était occupée de l'affaire, je crois.

Badolini grilla d'une aspiration cinq centimètres de sa Celtique.

— Exact.

Il eut un ricanement.

— Comme de juste, à la Criminelle, ils ont fait chou blanc. L'affaire a été classée.

L'ange noir des règlements de comptes interprofessionnels et de la proverbiale guerre des polices traversa le bureau, tout ragaillardi et prêt à de nouvelles aventures.

— Et la mort de Frédéric Schönberg, il y a deux ans ?

— Le banquier ?

— Tout juste.

Le patron de la Brigade Mondaine s'étrangla de rire.

— C'est aussi la Criminelle qui s'en était

occupé. Et ça n'a pas donné davantage de résultats que pour Lesterfield-Blainville! Ils sont formidables, à la Criminelle!

Il écrasa sa cigarette au milieu du cimetière à mégots qu'était le cendrier posé en face de lui.

— Je constate avec plaisir, Corentin, que votre mémoire est toujours aussi brillante, apprécia-t-il. Mais permettez-moi encore une question. Vous souvenez-vous des circonstances exactes de leur mort?

Boris réfléchit un instant.

— Très bien, monsieur le Divisionnaire. D'autant mieux qu'elles étaient particulièrement atroces, ces circonstances. Si mes souvenirs sont bons ils avaient tous les deux le sexe tranché, c'est bien ça?

— Dans le sens de la longueur, opina Badolini qui ne riait plus. Un truc abominable. On les a retrouvés complètement vidés de leur sang...

Boris réfléchit.

— Mais je suppose que ce n'est pas pour redéterrer ces affaires que vous nous avez convoqués, monsieur le Divisionnaire?

Charlie Badolini remua l'une contre l'autre ses paumes huilées de sueur. Il était à peine 9 heures du matin et Paris était déjà comme une soupière à proximité de l'ébullition.

— Non, fit-il enfin, quoique...

Il remua ses fesses maigres dans son fauteuil.

— Vous pensez bien que si je prends la peine, reprit-il, de retenir l'inspecteur Brichot au risque de rogner sur ses vacances, ça n'est pas pour rien...

Boris lorgna vers Aimé. Silencieux dans son fauteuil. Il n'y avait que ses oreilles légèrement rouges qui trahissaient quelque chose. Ainsi que sa pomme d'Adam qui faisait monter et descendre convulsivement son nœud de cravate vert pomme. Aimé Brichot *digérait*. Et ça avait beaucoup de mal à passer.

— Je reprends, toussota Badolini en poussant sur la table la chemise d'un dossier. Voici le rapport du CIAT de la rue du Mail (1) qui a expédié hier soir des policiers sur les lieux.

— Les lieux de quoi ? interrogea Corentin.

— Un petit appartement de la rue Montmartre, répondit Badolini. Le voisin de palier qui était venu emprunter un tire-bouchon a dû faire une drôle de tête en découvrant ça...

« Ça », c'était des photos prises par les policiers du CIAT et c'était tout ce qu'il y avait d'appétissant. Un homme corpulent, à moitié nu, allongé par terre, et dont le sexe était abominablement massacré. Tranché jusqu'à la base comme autrefois ceux du diplomate et du banquier : Lesterfield-Blainville et Schönberg... Boris commençait à comprendre pourquoi Badolini leur avait parlé d'eux.

Il releva lentement les yeux, un peu blême.

— La mort remonte à quand ? interrogea-t-il.

Badolini consulta le rapport d'autopsie.

— « Froid, tache verte abdominale, lut-il... Toutes les organisations tissulaires ou cellulaires ont disparu... Le crime a été commis il y a au moins quarante-huit heures... »

Corentin plissa le front.

— Ça nous ramène au 1er août ?

— Exact, murmura Charlie Badolini. Et, d'après les constatations, nous avons aussi la quasi-certitude que le mort n'est pas mort chez lui. On l'y a ramené après l'avoir tué. Son appartement ne porte pratiquement pas de traces de sang. Il s'est vidé ailleurs...

(1) Commissariat du quartier du Mail, 6 rue du Mail, IIe arrondissement.

Corentin renifla discrètement.

— On sait de qui il s'agit ?

— Un certain Frantisek Ouporova. Exilé en France depuis 1983 et déchu de sa nationalité tchèque. 52 ans. Travaillait à Paris, dans un petit bureau de Radio-France-International où d'autres tchèques, émigrés comme lui, font un bulletin d'actualités destiné à leurs ex-compatriotes. Avec, bien entendu, toutes les informations que refusent aux Tchèques les médias d'Etat à Prague...

Il se leva et fit quelques pas jusqu'à la fenêtre.

— On n'en sait pas plus pour le moment. Par exemple nous ignorons encore tout de ce que fut l'existence de la victime dans son pays d'origine...

Il appuya le front contre la vitre. En bas, une péniche glissait lentement sur les eaux vaseuses de la Seine.

— Tout ce que nous savons c'est qu'il est mort d'une drôle de façon. Enfin drôle... En tout cas, de la même façon que Lesterfield-Blainville et Schönberg... D'une manière, disons le mot, totalement barbare...

Boris vira du buste.

— Ça ne nous permet quand même pas d'affirmer qu'il y a un rapport quelconque entre ces trois affaires, patron ?

Badolini haussa les épaules.

— Ça ne nous permet pas non plus d'écarter cette hypothèse. Surtout que nous ne sommes pas les seuls, figurez-vous, à avoir fait le rapprochement.

— La Crime est aussi sur le coup ?

— Pas que la Crime, Corentin. J'ai l'impression que ce mort intéresse beaucoup de monde, en réalité. A tout hasard bien entendu. Mais comme il s'agit d'un ex-ressortissant tchèque, les pontes de la DST commencent aussi à s'agiter. Ils doivent s'imaginer je ne sais quelle affaire d'espionnage ou de règlement de comptes entre services secrets. Après tout, Frantisek Ouporova a passé les neuf-dixièmes de sa vie derrière le Rideau de Fer...

— Mais pas Lesterfield-Blainville ni Schönberg, objecta Corentin.

— Juste. C'est bien pour ça que je compte sur vous pour me trouver des réponses à toutes les questions que nous nous posons. Et le plus vite sera le mieux, croyez-moi...

Boris se leva à son tour.

— Pardonnez-moi, patron, mais je voudrais me permettre encore une question.

Charlie Badolini se détacha de la fenêtre.

— Je vous en prie...

— Pourquoi demander à l'inspecteur Brichot de rester à Paris ? Rabert ou Tardet auraient très bien pu m'accompagner dans mes recherches...

Badolini sursauta.

— Vous n'y pensez pas ? éructa-t-il.

— Pourquoi ? murmura Boris.

— Ils sont encore plongés jusqu'au cou dans l'histoire des faux aides-soignants.

Boris renversa la tête en arrière.

— Je croyais que c'était bouclé, souffla-t-il.

En réalité, ça ne l'était pas du tout, ainsi que l'expliqua Badolini. On découvrait tous les jours de nouvelles ramifications à ce réseau de salopards qui, avec la complicité d'aides-soignants travaillant dans un hôpital pour enfants de la région parisienne, s'introduisaient de nuit dans le service de chirurgie et abusaient tranquillement de petits garçons ou de petites filles en profitant de ce qu'ils étaient sous anesthésiques après un choc opératoire ou un accident...

— N'en parlons plus, murmura Corentin. Je ne savais pas.

Cinq minutes plus tard ils quittaient le bureau du chef de la Brigade Mondaine.

Dans le couloir, Brichot attrapa Corentin par la manche.

— Merci quand même, vieux frère, fit-il à voix basse.

Boris écarta les bras dans un geste d'impuissance.

— J'ai fait ce que j'ai pu, murmura-t-il.

Dans le bureau des Affaires Recommandées, Greta, la petite tapineuse du « Dieu d'Amour » achevait de se mettre à table en face d'un Rabert encore plus congestionné que d'habitude.

— Tu sais, Boris, lança-t-il, c'était un sacré gaillard le patron de la « Fraternité » ! Je sens qu'on va bien s'amuser quand on l'aura coincé.

Corentin se fouilla à la recherche d'une Gallia.

— Elle t'a dit tout ce qu'elle savait ?

— Je crois, fit Rabert qui consultait ses notes.

— Alors laisse-la filer, fit Corentin fidèle à la parole qu'il avait donnée.

La fille enveloppa du regard le beau policier athlétique qu'elle avait eu la très mauvaise idée de draguer, ce matin, boulevard Edgar-Guinet.

— Merci, murmura-t-elle.

Boris la prit par les épaules.

— File. Et dis-toi qu'on peut trouver la Lumière partout, mais sûrement pas là où tu la cherchais.

Puis il se plongea dans le dossier Ouporova, pendant qu'Aimé Brichot, en face de lui, manipulait le téléphone à touches en se demandant comment Jeannette, à La Baule, allait prendre la mauvaise nouvelle de l'annulation de son arrivée.

CHAPITRE VI

Par le hublot carré pratiqué dans la porte de communication entre la cuisine et la salle de restaurant, Anna Brozek inspecta un instant le ballet parfaitement réglé des serveurs en veste blanche entre les tables. Midi. Au *Vltava* c'était le coup de feu. La salle était bondée de consommateurs venus des quatre coins d'Europe et d'ailleurs et qui jacassaient dans toutes les langues possibles et imaginables.

Parfait, pensa-t-elle. Tout va bien. Tout marche comme sur des roulettes.

Elle avait eu une idée de génie en installant son restaurant, au nom si nostalgique pour elle (1), en plein cœur de Montmartre. Chaque été, c'était la ruée des touristes qui s'abattaient sur le quartier comme une nuée de moineaux enragés dans un film-catastrophe. L'avantage c'est qu'ils n'étaient pas trop regardants sur les prix pour cause de problèmes de barrière des langues. Un café devenait par exemple automatiquement, dès le début de juillet, un double café, et le mousseux pouvait très bien être vendu au prix du champagne. Tout allait pour le mieux

(1) La Vltava est le fleuve qui traverse Prague.

dans le meilleur des mondes. L'euphorie estivale régnait des deux côtés de la barricade, chez les consommateurs comme chez les producteurs.

Elle s'effaça pour laisser passer un plateau chargé d'un rôti de porc à la bohémienne, d'un goulash et de deux bouteilles de vin de Moravie. Les affaires tournaient rond, il n'y avait aucune ombre à l'horizon et dans 48 heures maintenant elle embarquait tout son monde pour la Côte. Dans trois jours elle ouvrirait les volets de sa chambre et s'enverrait une grande giclée d'azur en plein visage, mer et ciel confondus, avec peut-être deux ou trois surfers en train d'essayer de chevaucher les vagues, et un petit voilier à l'horizon...

Elle s'éloigna à pas lents, les mains dans les poches de son pantalon large en toile bleu foncé. La seule chose qui l'inquiétait c'était la réaction de Tereza. Pas le soir de la mort de Frantisek Ouporova. Non. Au contraire. Cette nuit-là elle avait dormi jusqu'à midi. C'était au réveil que les choses s'étaient brusquement compliquées. A peine réveillée, alors qu'Anna venait de pousser la porte de sa chambre, elle s'était mise à trembler. Et puis ça avait été des larmes. Et elle s'était abattue sur son lit, en proie à une véritable crise de nerfs. Comme si, dans son cerveau d'oiseau, le crime qu'elle avait commis avait mis des heures et des heures à se matérialiser dans toute son abomination. Bien sûr, elle s'était assez vite calmée. Mais Anna avait préféré prendre le maximum de précautions. Elle avait annulé tous les rendez-vous de Tereza jusqu'à leur départ. Et elle avait enfermé la jeune fille dans une des chambres de l'appartement secret. Celui qu'on n'atteignait qu'en traversant un autre appartement désert et délabré. Juste à côté de la pièce où Frantisek, l'autre soir, s'était en quelques soubresauts vidé complètement de son sang. On n'est jamais trop prudent. La chambre en question était munie de vitres épaisses et la poignée de la fenêtre avait été ôtée. Quant à la porte, bien sûr, c'était Anna qui en gardait la clé. Dans deux jours, Tereza et elle prendraient l'avion. Une mesure qu'elle avait décidée après la crise de nerfs de la jeune fille. Les autres « protégées » de Mme Brozek descendraient dans le Midi par le train. Anna connaissait sa jeune compatriote : dès qu'elle se trouverait au bord de la mer, sous le soleil de la Côte d'Azur, elle oublierait en quatrième vitesse tout ce qui s'était passé ici.

Anna se rapprocha d'un des cuisiniers penché sur le passe-plat.

— Le plateau est prêt ? demanda-t-elle.

— Le voilà, Madame.

Mme Brozek inspecta l'ensemble d'un coup d'œil. Jambon de Prague, *topinkiz* (du pain grillé dans l'huile puis frotté à l'ail, un plat tchèque merveilleux) et du canard rôti avec des boulettes et de la choucroute.

— Parfait, dit-elle enfin.

Dans le fond de la cuisine, il y avait une porte donnant sur un couloir où s'ouvraient des toilettes réservées au personnel du restaurant. Puis une autre porte, au bout du couloir, dont elle était seule à détenir la clé. Elle l'ouvrit. Encore un couloir : celui du club auquel on accédait normalement de l'extérieur, par la porte à code donnant sur la rue Norvins. Puis l'escalier. Le petit salon tendu de velours pourpre. Les autres couloirs. Les autres pièces. Rien de plus insolite qu'un « Club de rencontres » très olé olé en pleine journée, quand il n'y a pas de clients, que le ménage a été fait mais que flotte dans l'atmosphère une drôle d'odeur faite de relents de tabac froid, bien sûr, mais aussi d'autre chose, de parfums plus intimes, plus « humains », plus sexuels pour tout dire. C'était l'ambiance dans laquelle Mme Brozek baignait 24 heures sur 24, elle n'y faisait même plus attention. A peine s'étonnait-elle encore de temps en temps, en pleine journée, de ne pas rencontrer au détour d'un couloir une fille complètement à poil, comme c'était monnaie courante la nuit, ou encore deux ou trois voyeurs en train de se faire un petit plaisir à la main tandis qu'un couple copulait paisiblement dans le « confessionnal »...

De toute façon, elle ne montait pratiquement jamais au premier dans la journée. C'était le moment où les filles qui travaillaient la nuit se reposaient.

Officiellement, c'est-à-dire pour les fouille-merde du fisc bien sûr, les filles en question étaient employées au restaurant et déclarées à l'URSSAF comme serveuses. Bien entendu — toujours officiellement — elles n'étaient pas censées dormir sur place. Elles ne dormaient pas là d'ailleurs, mais dans l'autre appartement, celui qu'on ne pouvait atteindre qu'en traversant un logement désert et délabré, et qui se situait deux immeubles plus loin. Officiellement encore, les appartements en question ne lui appartenaient pas et il aurait fallu une fouille en règle de l'immeuble où se trouvait le *Vltava* pour découvrir les issues secrètes qui servaient des portes de communication. A la faveur d'un contrôle fiscal, deux ans auparavant, un inspecteur des impôts était venu mettre son nez dans les affaires de Mme Brozek et il était reparti tout à fait satisfait. Les livres de comptes du restaurant étaient parfaitement en ordre. Quant au club du premier étage, il s'agissait en principe d'un lieu de rencontres entre adultes des deux sexes parfaitement libres de s'amuser comme ils l'entendaient. Depuis que la 30e Chambre Correctionnelle a annulé toute la procédure concernant un autre club du même genre, le *Cléo*, parce que l'inspecteur et l'inspectrice qui s'étaient introduits dans les lieux en se faisant passer pour un couple de clients n'avaient pas de commission rogatoire et que le club en question a triomphalement rouvert ses portes, on y regarde à deux fois avant de s'attaquer aux boîtes à partouzes. Ou alors il faut qu'il y ait de sérieux motifs, genre trafic d'armes, relations étroites avec le Milieu, circulation de drogues dures ou présence de mineurs sur les lieux. Toutes choses que Mme Brozek, jusqu'ici, avait réussi à éviter comme la peste. Il avait bien eu quelques petits ennuis, deux ou trois ans auparavant, mais ils avaient été réglés vite fait et sans produire la moindre vague. Tentatives de chantage... Un truc qu'elle n'avait pas encore digéré. Depuis qu'elle avait quitté son pays d'origine, Anna avait décidé qu'elle ne serait plus jamais la victime de personne. Vraiment jamais. Elle en avait trop vu en Tchécoslovaquie, ça suffisait pour plusieurs existences. Maintenant elle avait décidé de gravir les échelons en vitesse. Elle avait 35 ans et ça faisait déjà énormément de temps de perdu. Elle n'avait pas choisi d'elle-même ce type d'existence. A Prague, elle avait appris la photo. Elle avait même fait, en 1968, de très jolis reportages sur les tanks du Pacte de Varsovie en train d'écraser allègrement les espoirs de tout un peuple qui ne demandait pas grand-chose d'autre qu'un minimum de liberté. Grâce à des journalistes occidentaux, elle avait réussi à faire traverser à ses reportages le Rideau de Fer et ils avaient été publiés en Europe. Ça avait été le début d'un certain nombre d'ennuis qu'elle n'était pas près d'oublier.

Elle avait atteint le bout du couloir, au premier étage. C'était là qu'officiellement s'arrêtait le domaine de Mme Brozek. Elle appuya de la pointe d'une fléchette sur le centre de la grande cible qui décorait le mur et la cloison coulissa.

Un souffle de moisi lui sauta à la figure. L'appartement délabré qui servait de « sas » entre les deux univers — le public et le secret — sur lequel elle régnait, était effroyablement humide. Même dans les périodes caniculaires comme en ce moment. Elle pressa le pas et se retrouva bientôt dans l'autre appartement. Celui où étaient installées les chambres de ses « protégées ». Celui aussi où on emmenait certains clients à soigner tout particulièrement, loin des regards indiscrets.

Comme Frantisek Ouporova, l'autre soir.

Dans la petite pièce tendue de soie bleue, Tereza, nue sur le lit, jouait au solitaire. Son visage s'illumina en apercevant le plateau.

— Enfin ! s'écria-t-elle. Si tu savais comme j'ai faim !

Anna Brozek l'enveloppa d'un regard tendre. Ma petite tueuse..., pensa-t-elle. Ma délicieuse petite meurtrière... Ma petite fille... C'était plus fort qu'elle. La vue de Tereza l'avait remuée, dès la première fois. C'était vraiment la fille qu'elle n'avait pas eue. Et un peu plus que ça bien sûr. Beaucoup plus.

Elle s'assit sur le lit. Tereza venait de commencer à s'attaquer au plateau.

— Tu as bien dormi ? murmura-t-elle.

La jeune fille blonde leva des yeux immensément étonnés.

— Evidemment ! Pourquoi veux-tu que je ne dorme pas ?

L'image même de l'innocence absolue dans le crime.

Quelque chose fouetta Mme Brozek à hauteur des reins. C'était irrésistible. Elle avança la main droite vers les minuscules pointes de seins de Tereza, deux cerises juste mûres comme il fallait. Avidement, elle en emprisonna un entre ses doigts. Tereza se tortilla des fesses.

— Tu me chatouilles, s'écria-t-elle.

Mme Brozek se renversa sur elle, déjà brûlante de désir.

— Toi tu me rends folle ! souffla-t-elle dans un tremblement nerveux.

Deux minutes plus tard, elles roulaient ensemble hors du lit et dégringolaient sur la moquette dans un emmêlement de bras et de seins que secouaient de longs frissons.

CHAPITRE VII

Ecœuré, l'inspecteur divisionnaire Boris Corentin se détourna. Dans son dos, l'employé en blouse blanche de l'Institut médico-légal de la place Mazas, près du pont d'Austerlitz, faisait rentrer le cadavre dans son casier réfrigéré avec des gestes lents et précautionneux. Il y eut le bruit du chariot métallique, puis celui de la civière qui coulissait en quittant les rails du chariot, et enfin le claquement de la porte qui se refermait. Boris fit quelques pas vers la sortie, envahi par une sérieuse envie de vomir qu'il se promettait de combattre en allumant une cigarette dès qu'il se retrouverait à l'air libre.

— Je ne peux rien vous dire de plus, hélas, fit l'employé qui l'avait rattrapé et qui poussait devant lui son chariot funèbre enfin vide. Il a dû se vider de son sang très rapidement. On dirait que le sexe a été tranché avec une lame de rasoir...

L'employé se gratta le nez, qu'il avait long, busqué et couvert de points noirs.

— C'est la première fois que je vois ça, murmura-t-il. On m'a déjà amené des pauvres types émasculés. Mais dans le sens de la longueur, et en deux parties pratiquement égales, il faut le faire ! C'est vraiment de l'inédit, je vous assure !

Il réfléchit en technicien qui essaie de résoudre une énigme légèrement trop pointue pour ses compétences.

— Ça a dû demander du boulot, ajouta-t-il. Deux parties égales, vous vous rendez compte ? Dans le sens de la longueur...

Il dressa son nez busqué vers Corentin.

— Vous imaginez le travail, avec un sexe tout mou, monsieur l'Inspecteur ? Enfin, je veux dire, au repos...

— J'imagine, grimaça Corentin qui préférait ne rien imaginer du tout.

— Je ne vois qu'une solution, reprit l'employé.

— Laquelle ?

— Quand on l'a mutilé, il était en érection, ça ne peut être que ça. En plein acte sexuel.

— Il a vraiment fallu le prendre par surprise, fit remarquer Corentin.

Il avait du mal à imaginer la scène. Rien que l'approche du rasoir aurait dû faire s'envoler l'érection. Si érection il y avait eu...

— Ça, inspecteur, c'est pas mon rayon, sourit l'employé. Moi, je ne suis là que pour vous faire part de nos conclusions, n'est-ce pas...

— J'entends bien, murmura Boris.

Il avait de plus en plus hâte de s'arracher à l'odeur de la grande salle dallée de blanc. Un parfum âcre et doucereux, quelque chose de très légèrement épicé aussi. L'odeur même de la mort qui flottait partout malgré toutes les précautions, toutes les réfrigérations possibles.

— Je vous remercie, fit-il précipitamment. Au revoir.

L'employé lui tendit la main avec un grand sourire. C'était difficile de refuser.

Elle était vraiment toute froide, cette main. Glaciale.

***

A l'angle de la rue Rambuteau et de la rue Montmartre, la Golf GTI fit une embardée sur la droite pour éviter une bicyclette qui traversait juste sous ses roues et Boris Corentin se vit brusquement projeté très loin de ses ruminations professionnelles.

— Vous êtes beaucoup trop mignonne pour en finir avec la vie! lança-t-il à la cycliste qui redressait tranquillement la barre d'un coup de reins qui fit saillir encore un peu plus son postérieur déjà pas mal épanoui par la selle et moulé dans un short orange, ce qui ne gâtait rien.

Elle lui répondit par un baiser en lâchant le guidon d'une main et en se cambrant un peu plus.

Rien qu'à contempler la différence qu'il y avait entre le creux de ses reins et le double vallonnement de ses fesses, on sentait qu'on pouvait regarder ça assez longtemps sans ressentir le moindre ennui. Boris rabattit le pare-soleil et attaqua la rue Montmartre, le nez de sa Golf contre le pare-chocs arrière d'un car-aquarium de la Compagnie Cityrama à deux étages avec ses rangées de têtes coiffées d'écouteurs derrière les vitres. Le car ralentit aux alentours du 138. Dans les écouteurs, on devait expliquer aux passagers que c'était là exactement qu'à la veille de la guerre, le 31 juillet 1914, au *Café du Croissant*, on avait assassiné Jaurès. Même que, dans une vitrine du bistrot, on peut encore voir la balle qui l'a tué, retrouvée par le plus grand des hasards dans les années trente par des ouvriers qui effectuaient des travaux dans le café.

Boris grogna entre ses dents. Tout ce qu'on pouvait dire pour le moment, c'est que l'enquête avait l'air de vouloir démarrer le plus lentement possible. Comme d'habitude d'ailleurs. Les affaires qui partent sur les chapeaux de roue, il n'avait jamais vu ça que dans les romans ou dans les films policiers. Au cinéma, une séquence comme celle qu'il venait de vivre à l'ambassade de Tchécoslovaquie, par exemple, Avenue Charles-Floquet, ça n'aurait pas valu un clou. Evidemment, on n'avait pu lui fournir le moindre renseignement intéressant sur un certain Frantisek Ouporova, ex-ressortissant tchèque déchu de sa nationalité depuis belle lurette. L'employé moustachu qui l'avait reçu était aussi aimable que le Rideau de Fer et tout ce que Boris avait retenu de l'entrevue, c'était que les Tchèques adoraient le mobilier années 50, les néons, les contre-plaqués et les vitres blindées. Le bilan était plutôt maigre.

Le radio-téléphone bourdonna. Boris qui piétinait derrière le car bourré de touristes décrocha.

— Mémé, s'écria-t-il. Tu es où exactement ?

— Je quitte la Maison de la Radio. Et toi ?

— J'arrive rue Montmartre. Tu m'y rejoins ?

— Evidemment. Du nouveau ?

— Rien du tout. A part que j'ai vu le mort et qu'il n'a pas l'air d'aimer ça, être mort. Et toi ?

— Quelques détails sur le mort justement. Pas grand-chose encore, mais on ne peut pas se permettre de faire les difficiles, n'est-ce pas ?

— Tu as rencontré des collègues à lui ?

— Au cinquième étage de la maison de la Radio. Un petit studio qu'on a mis à la disposition des Tchèques en exil. Leur émission s'appelle « La voix de Prague ». Ils émettent une demi-heure par jour en tchèque. C'est là que Frantisek Ouporova travaillait...

— Et alors ?

— Tu ne préfères pas qu'on continue de vive voix, Boris ?

— OK. A tout à l'heure. Tu rappliques aussi vite que tu peux ?

— Evidemment, gémit Brichot. Mais si tu voyais les embouteillages, Boris ! On dirait qu'ils le font exprès de creuser des trous partout au mois d'août pour que les Parisiens qui sont restés ne perdent pas leurs bonnes habitudes...

Cinq minutes après, Corentin rangeait sa Golf GTI derrière une grosse voiture noire en stationnement devant ce qui avait été le domicile de Frantisek Ouporova, rue Montmartre. Il y avait un chauffeur au volant de la grosse voiture noire, en train de se ronger les ongles. Pas du tout le genre à rôder autour d'un crime crapuleux. Boris reconnut tout de suite la voiture : elle appartenait à un homme de la DST. En haut lieu, on avait l'air de pas mal s'agiter autour du cadavre d'Ouporova... Un ancien citoyen tchèque assassiné d'une manière pas du tout banale qui faisait penser à une vengeance aussi horrible que raffinée. Ça donnait des tas d'idées aux spécialistes du renseignement et du contre-espionnage...

Corentin s'engouffra sous le porche de l'immeuble avec l'impression pénible de jouer les mouches du coche.

***

Dans le couloir, il faisait presque aussi sombre qu'en pleine nuit. La porte de la loge s'ouvrit et la concierge apparut dans un halo d'odeurs de pâtisseries. A vue de nez, c'était un gâteau au chocolat et il devait être juste à point.

— Encore ! jeta-t-elle. Depuis hier soir ça n'arrête pas. Quand je pense que j'ai préféré prendre mes vacances en juillet parce que l'immeuble est tranquille comme une tombe au mois d'août !

A contre-jour, dans la lumière de la loge, la concierge était ce qu'on pouvait appeler sculpturale. Grande, brune, des cheveux longs retenus en queue de cheval sur le haut du crâne par une sorte de pince à linge en plastique vert dont les extrémités ressemblaient à des coquilles Saint-Jacques. Comme ça, dans la pénombre, on aurait dit qu'un gros papillon exotique venait de se poser sur elle et de la prendre en amitié. A part ça elle avait le même accent que Linda de Suza dont elle devait être la compatriote... D'instinct, on se demandait où elle avait planqué sa valise en carton.

— Il y a déjà des tas de collègues à vous, là-haut, fit-elle en levant le bras.

Boris Corentin sourit.

— Pourquoi ? J'ai tellement l'air d'un flic ? interrogea-t-il.

Elle eut un léger mouvement des hanches qui fit voler sa jupe plissée blanche. Au-dessus, elle portait un débardeur également blanc, très ample, on voyait quand même que ce qui tendait l'étoffe, par-dessous, ce n'était pas le vent du large...

— Il faut voir, siffla-t-elle. Allumez la minuterie. C'est à votre droite.

Elle considéra le nouveau venu, sous les 40 watts à tout casser qui pendaient du plafond.

— Franchement, fit-elle, ça pourrait être pire.

Boris capta la lueur de ses yeux très noirs.

— Ça tombe bien, lança-t-il, c'est exactement ce que je pense aussi.

Elle palpita des paupières. En réalité, elle trouvait le policier beau comme un dieu et Boris la trouvait extrêmement appétissante. En résumé c'était l'accord parfait.

Boris rebroussa quelques boucles rebelles sur son front.

— Une supposition, demanda-t-il, que je ne sois pas un policier tout à fait comme les autres, et que j'aie envie de vous poser quelques questions sur votre locataire décédé, est-ce que ça vous dérangerait beaucoup ?

Elle réfléchit un instant.

— Marrant, dit-elle enfin, vous êtes le premier à y penser...

Elle referma sur eux la porte de la loge.

— Pauvre M. Ouporova, murmura-t-elle. Il n'a jamais eu autant de monde chez lui de son vivant.

Boris fit quelques pas dans la loge.

— Vous êtes bien sûre que je ne vous dérange pas ? Vous n'attendez personne ?

Elle ondula un peu. La bouche avançante et pas farouche du tout.

— Idiot, souffla-t-elle en se rapprochant. Mon mari est parti sur un chantier pour deux mois et mes enfants sont chez leur grand-père, au Portugal.

Boris s'arrêta, sidéré. Les Portugaises, décidément, se mettaient à toute allure au diapason de la libération des mœurs ambiantes.

— Et ne me raconte pas que tu es en service, soupira-t-elle en collant sa bouche contre la sienne. Il n'y a qu'au ciné que les flics disent ça !

Elle gigota contre lui et il commençait à parcourir des mains tout ce qui remuait de souple et de musclé sous sa jupe, quand elle se détacha brusquement.

— Merde ! cria-t-elle en très bon français. Mon gâteau va brûler.

Elle revenait de la cuisine en commençant à

ôter son débardeur, les deux bras croisés sur la poitrine, lorsqu'elle se bloqua.

Une tête de Pierrot lunaire moustachu et totalement chauve venait de surgir dans l'entrebâillement de la porte de la loge.

— L'appartement de Frantisek Ouporova ? questionna Aimé Brichot. C'est à quel étage ?

Lorsque Boris et lui furent dans l'escalier, Brichot se retourna vers sa flèche.

— Qu'est-ce que j'ai dit, Boris ? demanda-t-il. J'ai fait une gaffe ou quoi ? Pourquoi elle avait le fou rire la concierge ?

Corentin sourit :

— Cherche pas, Mémé. Tu es tombé pile, comme d'habitude. *The right man in the right place !*

CHAPITRE VIII

Au cinquième, il y avait un gardien en tenue pour filtrer les entrées et à l'intérieur du deux-pièces cuisine d'Ouporova, en effet, pas mal de collègues de la Criminelle ou de la DST.

Deux hommes de l'Identité judiciaire passaient le décor au peigne fin et relevaient des empreintes sans trop d'illusions.

— On arrive comme les carabiniers, j'ai l'impression, fit remarquer Brichot.

Boris Corentin qui n'en avait pas tout à fait terminé avec le deuil de sa partie de jambes en l'air en compagnie d'une concierge portugaise tout aussi allumée que lui, grimaça un rire jaune.

— C'est le dernier salon où l'on cause, on dirait, grogna-t-il.

Il quadrilla rapidement des yeux le décor du salon. Un vieux divan défoncé. Des murs qui avaient dû être blancs avant de virer au jaune pisseux. Une télé tellement antédiluvienne qu'elle avait sûrement été fabriquée avant l'invention de la télévision. Une table basse avec un pick-up centenaire dessus. Et des tonnes de poussière pour unifier tout ça, dans les nuances grisâtres. C'était le logement de célibataire dans toute sa triste splendeur.

— En tout cas, laissa tomber Brichot, s'il s'agit d'une affaire politique ou du dénouement d'une histoire d'espionnage comme ils ont tous l'air de le croire, ça signifie au moins une chose : le renseignement ça ne nourrit pas son homme...

Il se lissa la moustache.

— A supposer qu'il s'agisse d'un truc politique, ce qui ne me paraît pas si évident...

Au fond de la pièce, un inspecteur de la Criminelle fouillait un placard encastré dans le mur et en sortait la garde-robe d'Ouporova. Trois pulls, deux pantalons, une vieille veste à chevrons, quelques chemises... Le Tchèque au sexe massacré n'investissait pas énormément dans la fringue...

— Tu sais ce qu'il faisait dans son pays d'origine, Frantisek Ouporova ? questionna Brichot.

Boris secoua la tête.

— Pas vraiment. A l'ambassade de Tchécoslovaquie ils m'ont reçu comme si je leur demandais des nouvelles de Dubcek. Au début, ils étaient tout sourire parce qu'ils imaginaient que je venais pour me faire délivrer un visa. Ça les changeait de l'ordinaire. La Tchécoslovaquie, c'est plutôt un pays dont on cherche à sortir, on ne s'écrase pas pour y entrer...

— Justement, murmura Brichot. Ouporova, j'ai l'impression qu'on n'a pas fait trop de difficultés pour le laisser partir.

— Pourquoi ? questionna Corentin.

— Il était flic, figure-toi. Policier de la STB, la Sécurité d'Etat de là-bas. Bon flic, semble-t-il, et puis il a fait des « indélicatesses » qui n'ont pas plu...

— De quel genre ?

Brichot soupira.

— Ses collègues de *La Voix de Prague* n'en ont aucune idée. Il était très discret là-dessus, paraît-il. Il a quand même écopé de deux ans de taule. La prison où il s'est retrouvé était pleine de gens qu'il y avait lui-même envoyés. A la première occasion, ils se sont défoulés en lui cassant la gueule sous l'œil bienveillant des gardiens. Et puis il a été libéré et il a demandé à émigrer. Voilà.

Il montra une photo, sur un mur au-dessus du poste de télévision. Un des photographes de l'Identité judiciaire était justement en train de la mitrailler à grands coups d'éclairs livides de flash.

— C'est lui, murmura Brichot. Tu le reconnais, à droite, avec les deux dents qui manquent sur le côté...

Sur le cliché, une sorte de géant en imperméable et chapeau mou, très gangster de Chicago pendant l'entre-deux-guerres, souriait jusqu'aux oreilles, un bras passé autour des épaules d'un autre homme, plus petit, les yeux très enfoncés sous des sourcils saillants et broussailleux mais vêtu exactement de la même façon.

— A dix contre un, murmura Brichot, le petit c'est Klima. Milan Klima.

— C'est gagné, Mémé, souffla une voix dans leur dos.

— Vasagnac ? murmura Boris. Ça alors !

Un collègue de la Criminelle. Ils s'étaient retrouvés souvent sur les mêmes coups sans se marcher systématiquement sur les pieds. Ce qui était déjà une grande preuve d'amitié entre policiers appartenant à deux Brigades rivales, pour ne pas dire ennemies. La silhouette trapue de Vasagnac se rapprocha.

— En confidence, je ne divulgue pas un gros secret, murmura-t-il en souriant sous ses épaisses moustaches noires. C'est écrit au dos de la photo. « Frantisek Ouporova et Milan Klima à Prague en 1967 »...

Il consulta un petit bloc à spirale sur lequel il avait griffonné quelques notes.

— Klima, lut-il. Ex-policier de la STB lui aussi. Mais il est arrivé en France dix ans avant Ouporova. Juste après le « Printemps de Prague » et la « normalisation »... en 1970...

— Depuis, compléta Brichot, il vit en banlieue parisienne, à Enghien. Il est propriétaire d'un garage...

Vasagnac réenfouit son bloc-notes dans la poche de sa veste.

— Je vois qu'on est sur la même longueur d'ondes, sourit-il en forçant sur son accent méridional. Ce qu'il y a de curieux c'est que ces deux hommes, qui avaient été amis à Prague avant 1968, se sont retrouvés en France et y sont redevenus amis alors qu'ils ont suivi des chemins politiques complètement divergents. D'après nos renseignements, Ouporova a applaudi à l'intervention soviétique, tandis que Klima faisait partie, disons des « libéraux »...

— La solidarité des exilés, probablement, murmura Boris Corentin.

— C'est ça, grogna Vasagnac. Quand on est tous dans la merde, on ne fait pas le détail.

Boris sourit.

— Tu m'enlèves les mots de la bouche !

D'un coup de menton, Vasagnac désigna deux silhouettes qui venaient d'entrer. Deux petits hommes en complet gris qui avaient l'air d'essayer de se faire encore plus petits. De loin, on aurait presque dit des jumeaux.

— Si les gens de la DGSE (1) s'y mettent

(1) Direction générale de la sécurité extérieure, anciennement appelé le SDECE, Service de documentation et du contre-espionnage.

aussi, soupira-t-il, je me demande ce qu'on fait ici, vous et nous !

— De la figuration intelligente, murmura Brichot. C'est déjà pas mal !

— On s'imprègne de l'atmosphère des lieux, on renifle et on réfléchit, renchérit Boris. Tout dans la tête. Comme Maigret !

Vasagnac soupira.

— Vous y avez intérêt, à avoir tout dans la tête ! Parce qu'ils ne nous ont rien laissé. Même pas les miettes. Tout ratissé avant notre arrivée.

Ils avaient débarqué dans la minuscule cuisine où des choses malpropres s'accrochaient au fond d'une casserole, dans l'évier. Vasagnac montra les billets de banque tchèques, les couronnes collées sur la porte du frigidaire.

— Vous pouvez être sûrs qu'ils vont les passer aux rayons X pour vérifier s'il n'y aurait pas des messages codés dans le filigrane !

Boris Corentin tapota l'extrémité d'une Gallia sur le dos de sa main.

— Tu en as vu souvent, toi, des espions, des agents secrets ou doubles ou autre chose, qui se font refroidir de cette façon-là ?

Vasagnac sortit son paquet de Malboro pour ne pas être en reste.

— Ce n'est pas vraiment ma spécialité, avoua-t-il, mais à vue de nez ça m'étonne plutôt...

— Confidence pour confidence, souffla Corentin, moi aussi.

— Ça dénoterait plutôt, reprit Brichot, un acharnement, disons... très sexuel... Très spécial.

— Conclusion, fit Corentin dans un grand sourire, on les laisse bourdonner, tous autant qu'ils sont, comme une ruche en folie. Et nous on fait notre boulot. C'est très « Mondaine », un type au sexe tranché bien soigneusement dans le sens de la longueur...

— Et même très « Affaires Recommandées » appuya Brichot.

Vasagnac les regarda l'un après l'autre.

— Dites donc, les gars, s'écria-t-il enfin. Vous n'êtes pas en train de me dire qu'on serait plutôt sur la touche, nous aussi, à la Criminelle ?

Boris haussa les sourcils.

— Vous n'avez pas été vraiment fulgurants, si mes souvenirs sont bons, dans les affaires Lesterfield-Blainville et Schönberg.

— Ça veut rien dire, grommela Vasagnac. Ce n'est pas parce qu'on a merdé sur ces coups-là que ça va continuer...

Boris sourit en lui tapant sur l'épaule.

— Je sais, fit-il. Il n'est pas non plus nécessaire d'espérer pour entreprendre...

— Ni de réussir pour persévérer, compléta Brichot.

— Vous savez que vous pourriez m'énerver ? grinça Vasagnac.

— Bonne chance quand même, fit Corentin en s'éloignant.

— Bonne chance, reprit Brichot en écho.

Ils sortirent assez satisfaits de l'air mi-ahuri mi-furieux de Vasagnac. Ce n'était pas la guerre des polices, mais tout de même une petite escarmouche dans cette interminable guérilla qui ne connaissait pas de cessez-le-feu.

⁂

Sur le palier, Boris bloqua Aimé Brichot par la manche de sa veste.

— Une supposition qu'on se divise le travail, qu'est-ce que tu en dirais ?

Brichot se gratta la moustache.

— Faut voir, fit-il. Tu as un rencart ou quelque chose de ce genre, Boris ?

Corentin agita la main.

— Arrête d'avoir l'esprit mal tourné, Mémé. Réfléchis un peu : qui on a à voir ? Le nommé Klima d'une part, l'ami tchèque d'Ouporova. Et d'autre part les veuves...

— Quelles veuves ? renifla Brichot.

— Tu les as oubliées ? Mme Lesterfield-Blainville et Mme Schönberg. Celles dont les maris sont morts parce qu'on leur avait coupé le... heu...

— Je vois ce que tu veux dire, fit Brichot méfiant. Bien entendu, tu t'adjuges d'office les veuves. Des fois qu'il y en aurait une qui serait encore assez gironde... Et moi je m'appuie le garagiste d'Enghien ?

Boris émit un soupir en forme de sifflement.

— Comme tu peux être pessimiste sur l'espèce humaine, Méme, dit-il en secouant la tête. Tu vois décidément le mal partout ! Au contraire. C'est moi qui vais aller à Enghien et toi qui vas aller cuisiner les veuves...

Brichot se gratta la tête.

— Comme ça, ça va, grogna-t-il. Mais je ne vois pas où est le truc.

— Quel truc ? interrogea Boris avec un air de premier communiant. Division du travail, Mémé, c'est tout simple.

En bas, le hall d'entrée était toujours aussi obscur. Le soleil avait beau taper dehors, dans la rue Montmartre, ici c'était une vraie glacière. Boris montra la double porte vitrée de la loge, masquée par un rideau à fleurs.

— Excuse-moi, fit-il, j'ai encore quelques questions à poser à la concierge.

Aimé Brichot s'appuya contre le faux marbre

maladroitement peinturluré sur le mur, une bonne cinquantaine d'années auparavant.

— Division du travail, hein ? ricana-t-il. Et c'est moi qu'on accuse d'avoir l'esprit mal tourné !

*
**

— Qu'est-ce que j'accroche sur la porte comme panneau ? « La concierge est en train de se faire tringler » ?

Boris Corentin, assis sur le lit, hocha la tête.

— Ça aurait le mérite de la vérité et de la franchise.

Amalia — elle venait de lui dire qu'elle se prénommait Amalia — vérifia une nouvelle fois que la porte de la loge était bien fermée à clé. Puis elle pivota sur ses pieds nus et courut le rejoindre.

— Comment tu savais que je reviendrais ? interrogea-t-il en la saisissant par les hanches, debout au-dessus de lui.

Elle s'était débarrassée vite fait de sa robe et dessous elle était en tenue de combat.

En remontant des mains, Boris énuméra les différents éléments de la « tenue » en question. Longs bas de soie noire qui moulaient des jambes interminables. Jarretelles et slip en soie peau d'ange blanche à pois noirs. Et plus haut, rien du tout. Sauf deux masses fabuleusement roses et pleines qui respiraient à quelques centimètres de son visage.

Il l'attira contre lui.

— Tu n'as pas répondu à ma question ?

— C'était un risque à courir, fit-elle. Pas un gros. Tu n'as pas l'air complètement idiot, tu sais ?

Elle se serra contre lui. Elle était toujours

debout mais maintenant son ventre pesait contre le torse de Boris et la pointe de son sein droit lui chatouillait les lèvres.

— Caresse-moi, murmura-t-elle d'une voix brûlante.

Elle ferma les yeux, tête ballant en arrière, tandis que la main droite de l'homme s'insinuait sous la mince étoffe de son slip et commençait à fouiller la toison moite de son ventre.

— Plus fort ! jeta-t-elle. Le plus fort que tu peux !

» Fouille-moi avec ta main. Jusqu'au poignet ! Je veux que tu me défonces d'abord avec ta main.

Elle écarta les jambes le plus qu'elle pouvait. Il avait tiré sur le côté l'échancrure de son slip et il voyait disparaître ses doigts l'un après l'autre au fond d'elle.

— Plus vite ! Plus fort ! gémit-elle. Vas-y ! Baise-moi. Oui ! Tout au fond de ma chatte !

*
**

Amalia rampa au milieu des draps jusqu'à se lover comme une pieuvre autour des jambes de Boris.

— Elles ont changé, les Portugaises, hein ? interrogea-t-elle, sa bouche tout près de la sienne.

Boris lui effleura les lèvres.

— Pas en mal, en tout cas.

Elle cambra les reins. Couché sur le dos, Boris pouvait contempler le double rebond de ses fesses couvertes de sueur. Amalia avait la peau légèrement ambrée, et un duvet plus clair que ses cheveux courait sur son dos, dessinant comme un imperceptible halo lumineux, presque roux. Elle frissonna.

— Qu'est-ce que tu me fais, murmura-t-elle, si je te donne un document qui pourra peut-être t'aider ?

Boris la parcourut du bout des doigts. La nuque, les omoplates, le long creux très doux de la colonne vertébrale.

— Ce que tu veux évidemment, souffla-t-il.

Elle se redressa sur les coudes.

— Salaud, gémit-elle. Si je parle maintenant tu ne reviendras plus jamais me voir !

Boris lui rebroussa les cheveux.

— Qu'est-ce que tu en sais ?

— Jure-le-moi, jeta-t-elle.

Il rit.

— Si tu veux !

Elle le regarda, enflammée, les yeux zébrés d'éclairs.

— Mieux que ça ! Jure sur la Madone ! Sur la vierge de Fatima ! Je suis portugaise, n'oublie pas ! C'est sacré, de jurer sur la Vierge ! Si tu mens, tu mourras. Tu as envie de mourir ?

— Pas le moins du monde, rit Corentin.

Elle se redressa au-dessus de lui et le saisit à deux mains, dur et raide et palpitant entre ses doigts.

— Alors jure sur la Madone que tu reviendras me voir et que tu remettras ça, avec cette grosse...

L'obscénité était encore plus flamboyante avec l'accent. Du coup, il s'allongea encore de quelques centimètres. Qu'est-ce qu'il pouvait faire d'autre que jurer ?

Il jura donc.

Ça eut un effet magique. Immédiatement Amalia se coucha à nouveau contre lui et se mit à ronronner.

— Alors qu'est-ce que c'est ce document ? murmura-t-il.

— Attends, souffla-t-elle. On n'a pas fini, tous les deux. Avant, il faut que tu m'en...

Il la regarda, abasourdi.

— Oui, oui, tu as bien entendu, reprit-elle. Et alors ? Tu n'en as jamais rencontré des filles qui adorent se faire en... ? Je suis maso. C'est un péché à ton avis ?

Boris sourit.

— Pas du tout, mais tu m'avais promis...

Elle se souleva, haletante.

— Je tiens toujours mes promesses, fit-elle dans un souffle. Dès que tu m'auras en... tu auras ce que tu veux. Viens !

Elle avait changé de position. Elle était en train de se mettre à quatre pattes en travers du lit.

— Viens, répéta-t-elle.

Elle s'était ouverte à deux mains, doigts enfoncés dans sa propre chair, désignant au milieu de ses fesses opulentes le sillon moite où palpitait un puits minuscule entouré de fines stries brunes.

— Alors ? Qu'est-ce que tu attends ? demanda-t-elle, le visage écrasé contre les draps. Ça te choque ?

— Non, murmura Boris. Mais tu n'as pas peur que je te fasse mal ?

Elle eut un feulement rauque.

— Idiot, jeta-t-elle. Je suis maso, je te l'ai déjà dit. C'est ça qui est bon ! Que tu me fasses mal, justement...

Elle l'avait pris, dur et gonflé, entre ses longs doigts. Un instant elle le fit coulisser, se caressant elle-même du bout de son gland tout au long de son sillon, puis elle le présenta à l'entrée la plus musclée et la plus étroite de sa personne et il sentit qu'elle se détendait de tout son corps pour qu'il entre plus facilement.

Quelques secondes plus tard, il était enfoncé en elle de tout son long, à ras des poils de son pubis et Amalia commençait à crier.

*
**

Amalia revint vers le lit. Une de ses jarretelles avait sauté et son bas était roulé à hauteur du genou.

— Je tiens toujours mes promesses, fit-elle. J'espère que tu tiendras la tienne.

Boris Corentin examina le dépliant cartonné qu'elle venait de lui tendre. La carte d'un restaurant de Montmartre, sur fond rouge avec des lettres d'or.

— Il a laissé tomber ça dans l'escalier, ton client, le soir où il est mort.

Elle avait saisi sur le lit le drap du dessus et elle l'utilisait comme une serviette pour éponger son corps ruisselant de sueur après leurs exploits encore tout frais.

— Le *Vltava* lut Boris. Qu'est-ce qui te permet d'affirmer que c'est lui qui l'a perdu ?

Elle était en train d'essuyer ses aisselles où de minuscules gouttes brillaient, accrochées à ses poils noirs.

— En ce moment, dans l'immeuble, tout le monde est en vacances à part lui, fit-elle. Et puis, c'est une demi-heure après que je l'aie vu descendre à travers la porte vitrée de la loge que j'ai ramassé ça dans l'escalier. Sur le palier du premier.

Elle projeta le drap, roulé en boule, dans un coin de la minuscule chambre.

— Dommage que je ne l'aie pas entendu rentrer cette nuit-là, rêva-t-elle. Enfin... que je ne *les* aie pas entendus le ramener, puisque d'après tes collègues il n'est pas mort chez lui... Tout ça c'est à cause de Mario d'ailleurs.

Boris releva le nez.

— Mario ?

Elle haussa les épaules.

— Le gardien du 121. Il vient de temps en temps passer la nuit ici quand mon mari n'est pas à la maison.

Elle se rassit à côté de lui.

— Mais à côté de toi, Mario, c'est un nul, roucoula-t-elle. Un zéro. Il n'y a pas de quoi être jaloux, tu sais...

Elle rêva.

— D'ailleurs à côté de toi, je me demande qui ne se rapproche pas à toute allure du zéro... Alors, qu'est-ce que tu en dis, de ma trouvaille ?

— Pas mal, murmura Boris. « Spécialités tchèques »... Rue Norvins. Ça a l'air d'un restaurant plutôt luxueux pour un type comme Ouporova, non ? Qu'est-ce que tu en penses, toi qui le voyais passer tous les jours.

Elle eut un petit rire :

— A part sa corpulence de déménageur de pianos, c'était plutôt le genre d'homme à sauter un repas sur deux pour payer son loyer. Quand il m'amenait son chèque à la fin du mois, on aurait dit qu'il venait d'avoir un deuil dans sa famille, tellement ça lui arrachait le cœur...

Boris ouvrit le dépliant du *Vltava*.

— Bon sang, siffla-t-il. Tu ne m'avais pas montré le plus beau.

Elle se pencha contre lui pour regarder le dessin à l'intérieur. La fille à quatre pattes avec un plateau sur la croupe. Et les mots « Club privé » au-dessus...

— Je te laissais la surprise, fit-elle.

— Un clandé, reprit Boris. Un petit boxon jumelé avec le restau. C'est la meilleure !

Il referma le dépliant.

— Il avait une tête à fréquenter les clandés, ton locataire ? interrogea Boris.

Elle rêva un instant.

— Pas tellement, fit-elle enfin. Mais la tête qu'on a, ça ne veut pas dire grand-chose. Est-ce que moi, par exemple, j'ai une tête à adorer me faire en... ?

— Tu as raison, rit Corentin. Il ne faut jamais juger sur la mine...

— Et, termina Amalia en se serrant contre lui, à avoir envie que tu remettes ça une dernière fois avant de partir ? Est-ce que j'ai aussi une tête à ça ?

CHAPITRE IX

Armande releva la tête et considéra son patron, la bouche grande ouverte.

— Qu'est-ce que vous dites ? questionna-t-elle.

Debout, adossé à la fenêtre de son bureau, Milan Klima laissa échapper un soupir.

— Rien, émit-il. C'est du tchèque. Tu ne peux pas comprendre...

La fille eut un sourire qui plissa son visage tout rond constellé de taches de rousseur. Elle en avait partout, même sur les lobes des oreilles et sur le bout de son minuscule nez retroussé.

— Comment ça ? fit-elle indignée. Je sais déjà très bien parler, non ? En six mois vous m'avez appris à dire bonjour, *dobry den ;* s'il vous plaît, *prosin was ;* pardon, *prosim ;* au revoir, *na shledanon,* et pompe à essence, *benzo... benzi...*

— *Benzinova pumpa,* émit l'homme avec effort.

— C'est ça. Alors ? Je ne parle pas bien le tchèque ?

Benzinova pumpa, c'était à cause du métier de Milan Klima. Garagiste. Des *benzinova pumpa* il y en avait quatre qui cuisaient sous le soleil, en bordure de l'avenue de Ceinture, juste à la limite entre Enghien-les-Bains et Soisy-sous-Montmorency. Rutilantes comme des cuirasses. De là où il était, debout derrière la baie vitrée de son bureau en mezzanine au-dessus de l'atelier de réparation, il pouvait voir les deux pompistes en combinaisons bleues et casquettes se relayer autour des voitures qui débarquaient, et s'activer à lustrer les pare-brise pour faire monter le pourboire. Trois autres employés, dans l'atelier, rampaient dans le cambouis sous une Mercedes grise qui avait des problèmes avec son circuit de freinage.

Milan Klima soupira. A 56 ans, il aurait dû être heureux. Détendu en tout cas. Il n'avait pas si mal réussi que ça sa reconversion, vu qu'il avait débarqué en France, presque 15 ans avant, avec à peine de quoi s'acheter un paquet de cigarettes. Quinze ans à trimer, à économiser, à emprunter pour devenir propriétaire de son garage. Et puis maintenant... Il secoua la tête, regardant fixement la chevelure rousse toute mousseuse d'Armande, sa secrétaire, agenouillée en face de lui. Armande était une suçeuse fantastique, il avait mis six mois à oser lui mettre la main aux fesses, un soir, alors qu'ils étaient tous les deux seuls au garage et qu'elle lui apportait rituellement un paquet de lettres et de chèques à signer. Evidemment Armande lui avait un peu résisté. Mais pas trop. Il avait fallu la forcer légèrement. Elle s'était débattue en lui disant qu'elle était mariée. Il lui avait fait remarquer que, justement, ça n'en serait que meilleur pour tous les deux. Que le vrai plaisir commençait quand on malmenait un peu les interdits et ainsi de suite. Bref, Armande avait fini par se retrouver toute nue dans le bureau, et cinq minutes plus tard ils faisaient l'amour par terre, sur le Gerflex. Après, bien entendu, elle lui avait dit qu'il ne faudrait plus jamais recommencer, qu'elle était fidèle à son mari, que ce n'était pas bien du tout, etc.

L'ennui, c'est que dès qu'elle évoquait son mari, cela fouettait magnifiquement les nerfs du garagiste et qu'il se précipitait à nouveau sur elle. En tout cas, depuis cette soirée, il ne se passait pratiquement pas de jour dans la semaine sans qu'il la convoque dans son bureau et lui demande, comme ça, en plein après-midi, de s'agenouiller pour le sucer pendant que lui était debout contre la baie, surveillant les allées et venues de ses employés. Aucun danger qu'on la voie. La paroi en surplomb au-dessus de l'atelier de réparation était pleine jusqu'à un mètre vingt de hauteur et Armande, accroupie à terre, pelotonnée contre lui, était parfaitement invisible.

— Continue, fit-il sourdement en plongeant les mains dans ses cheveux.

Nerozumin... Nerozumin... « Je ne comprends pas »... C'était ce qu'il venait de lâcher, en tchèque au moment où Armande s'était arrêtée de l'avaler... Non, décidément il n'arrivait pas à comprendre... Ou alors il comprenait trop bien... Il avait beau essayer de chasser les images de sa tête, elles n'arrêtaient pas d'y revenir. Les journaux avaient été discrets, pourtant, sur les détails de la mort de Frantisek. Mais pas tout à fait assez cependant pour qu'il n'arrive pas à imaginer ce qui s'était passé. La souffrance abominable qu'il avait traversée. Sa mort aussi rapide qu'atroce... Cette mutilation invraisemblable... Ce supplice. Pourquoi ? *Nerozumin... Nerozumin...*

Il ne comprenait pas. Il ne voulait pas comprendre. Rien dans le passé de Frantisek —

ni dans le sien — ne pouvait justifier une pareille mutilation.

Avec Frantisek, malgré tant d'années ensemble côte à côte à la STB, à Prague, ils n'étaient pas toujours d'accord. Loin de là. A l'époque du « Printemps de Prague » surtout, ils s'étaient pas mal engueulés. Mais ils avaient fini par se réconcilier, plus tard. Et quand ils s'étaient retrouvés en France, des années après, tous les deux exilés, ils étaient redevenus amis... C'était même lui, Klima, qui avait branché Frantisek sur le Club de la rue Norvins. Un endroit connu de tous les Tchèques de Paris. Ils y étaient allés deux fois ensemble. Klima savait que, par la suite, Frantisek y était retourné assez souvent. Il avait voulu l'y entraîner de nouveau. Milan avait refusé. Il ne savait pas d'ailleurs très bien pourquoi. Une sorte de pressentiment dont il n'avait jamais parlé à son ancien collègue de la Sécurité d'Etat. Une appréhension vague, qui l'avait étreint à chaque fois qu'il était allé lui-même au *Vltava*. Comme s'il poussait une porte interdite. Un souvenir complètement effacé. Très ancien. Le souvenir d'un souvenir. A chaque fois ça n'avait duré que quelques secondes, mais ça avait réussi à gâcher sa soirée. Par la suite, il avait préféré éviter le *Vltava*. Frantisek ne le comprenait pas...

Il empoigna Armande à la nuque et la guida, la faisant aller et venir de plus en plus vite. Il avait envie de jouir dans sa bouche, l'arroser jusqu'au fond, la regarder pendant qu'elle le boirait, les lèvres rivées à sa hampe. La petite secrétaire était fabuleusement douée. Ça aurait été un crime de continuer à la laisser mariner dans la fidélité conjugale. Il essayait de se concentrer sur la bouche d'Armande, son nez en trompette criblé de taches de son qui venait s'enfouir à chaque mouvement dans la toison grisonnante de son pubis, et ses doigts qui n'arrêtaient pas de caresser ses testicules. Il n'arrivait pas à chasser Frantisek de son crâne. C'était comme une bande vidéo arrêtée sur « pause ». Ouporova, l'ancien flic du STB, nageant dans son sang, le sexe découpé dans sa longueur, partagé en deux moitiés égales...

Il secoua la tête. Il était fou ! La mort de Frantisek pouvait avoir mille causes différentes de celle qu'il commençait seulement à oser imaginer. Il était idiot de se bloquer là-dessus. Il se gâchait les meilleurs moments de sa vie.

Il arrêta les mouvements de nuque d'Armande.

— Attends, murmura-t-il. Ça ne vient pas comme ça. Tourne-toi. Mets-toi à genoux.

Docile, la secrétaire rousse obéit. Elle portait une minijupe noire assez collante, en satin de soie, qu'il releva sur ses reins. Très vite, il libéra ses fesses de la culotte blanche en coton qui les masquait. C'était lui, ça aussi. Il exigeait qu'Armande porte toujours une petite culotte blanche en coton. Un vieux souvenir de ses années de jeunesse, quand il avait fourré ses mains pour la première fois sous les robes d'une fille. Juste après la guerre. Exactement l'année du « Coup de Prague » en février 48, quand les communistes avaient pris violemment le pouvoir, faisant de la Tchécoslovaquie une « démocratie populaire », une des innombrables petites sœurs du « Grand frère » soviétique... A l'époque, la plupart des femmes, là-bas, n'avaient pas le moyen de se payer autre chose que des culottes blanches en coton dont elles avaient vaguement honte... D'ailleurs l'élégance en matière de lingerie était considérée comme un luxe coupable par les nouveaux maîtres du pays. Les hommes n'étaient pas mieux lotis. Plutôt que de mettre les slips qu'on trouvait dans les magasins, ils enfilaient des shorts de gymnastique... Toujours est-il que Milan Klima n'avait jamais pu oublier le regard humilié de la première fille qu'il avait débarrassée de son slip de gros coton blanc. Ses yeux inquiets. Suppliants. A l'affût d'un ricanement. Il y a des femmes qui vont au-devant du rôle de victime qu'on ne songeait même pas encore à leur faire jouer. Pour Milan ça avait été le déclic. Depuis, il avait du mal à imaginer le plaisir séparé d'une certaine souffrance ou d'une certaine honte. Il savait qu'Armande avait horreur de ces grandes culottes démodées qu'il la forçait à porter et ça ne l'en rendait, bien sûr, que plus désirable...

Il arrêta le slip de la jeune femme à mi-cuisses et la pénétra avec violence, les mains crochées dans ses fesses, les pouces presque joints dans le sillon qu'il écartelait. Sa croupe aussi, très blanche, laiteuse, était toute saupoudrée de taches de rousseur. Une vraie constellation. « On va compter les étoiles de ta Grande Ourse... » C'est comme ça qu'au début il lui annonçait leurs parties de jambes en l'air dans le bureau. Il releva les mains et se mit à malaxer longuement les deux masses de chair généreuse et élastique. Puis, il ressortit un instant et, changeant de position, s'inséra à nouveau en elle un peu plus haut. En même temps, il passa les doigts de la main droite sous son ventre et les descendit vers le pubis à travers lequel il chercha son clitoris qu'il commença à pincer de plus en plus fort tandis que, l'emplissant totalement, il se remettait à aller et venir en elle.

Courbée en avant, le front heurtant le Gerflex à chaque secousse, la secrétaire ne criait pas. Elle connaissait la règle. Elle n'avait pas le droit de crier. Il la déchirait, il l'ouvrait en deux à chaque coup de boutoir. Elle aurait voulu hurler. De douleur et de plaisir en même temps. A la place, elle se mordait le poing droit, profondément enfoncé dans sa bouche.

Quand il eut fini de se déverser en elle et qu'elle eut remonté sa culotte blanche et descendu sa minijupe noire, elle jeta un coup d'œil à travers la baie vitrée du bureau. Milan Klima, vautré par terre, récupérait. Son souffle, peu à peu s'apaisait.

— Vous feriez bien de vous rhabiller, murmura la secrétaire. J'ai l'impression que vous avez de la visite...

Milan Klima émergea, le visage au ras de la vitre, et eut la réaction qui s'imposait : « Merde, pensa-t-il, ça pue le flic à plein nez ! »

CHAPITRE X

L'inspecteur divisionnaire Boris Corentin rangea sa plaque de police dans la poche intérieure droite de son blouson de toile. Toi, songea-t-il en voyant la petite secrétaire rousse achever de descendre à sa rencontre les dix marches métalliques menant vers le bureau-mezzanine du patron, ou j'ai perdu tout instinct et je suis bon pour la casse, ou tu viens de te faire sauter... Ou alors tu as des bouffées de chaleur et c'est la ménopause trente ans en avance sur l'horaire...

Armande se rapprochait, lissant machinalement sa minijupe noire.

Boris montra quelque chose dans son dos.

— Il n'est pas commode, votre pompiste ! fit-il. Il ne voulait pas me laisser garer ma voiture là-bas sous prétexte que je n'achetais pas d'essence. Il est toujours comme ça ?

Elle suivit la direction de sa main. L'un des deux pompistes, à carrure de lutteur de Sumo, se précipitait vers une énorme décapotable rouge qui atterrissait, pleine d'arrogance, au milieu des ondulations de la chaleur. Il était à peine 16 heures mais au soleil ça faisait seulement 14 pour cause d'horaire d'été et d'économies d'énergie, ce qui faisait que la France, avec ses deux heures d'avance sur le soleil, battait tous les records du décalage cosmique.

— C'est Jakub ! finit-elle par dire. Il ne faut pas faire attention. Il est un peu...

Elle agita la main à hauteur de son front.

— Il croit toujours qu'on en veut à son patron.

Il n'a peut-être pas tort, pensa Corentin qui avait noté au vol le prénom très « Europe centrale » du pompiste irascible. Décidément, on continuait à nager en pleine communauté d'émigrés de l'Est. Il montra le bureau, au fond de l'atelier de réparation.

— On peut le voir, justement, votre patron ?

Milan Klima était en train de s'énerver à essayer de mettre en marche un petit ventilateur posé au sommet d'une armoire métallique verte. Il y avait les tarifs horaires de main-d'œuvre affichés derrière lui, et, sur sa droite, des tas de clés de voiture accrochées à un tableau, avec des factures épinglées autour. Quand le patron du garage se rassit en face de Corentin, il était en sueur de s'être acharné contre le ventilateur qui maintenant brassait, en grondant, une espèce de poussière lourde et âcre. Il avait eu le temps de se reculotter mais un petit bout de sa chemise flottait par-derrière sur son pantalon et n'échappa pas à Corentin qui ne fut pas mécontent de pouvoir ainsi se rassurer quant à son flair. La secrétaire s'était éclipsée très discrètement. D'en bas, parvenaient de grands bruits de cric en train d'extirper un pneu de camion de sa jante.

— Je viens vous voir à propos d'un ami, commença Corentin. Un compatriote à vous. Exilé comme vous. Frantisek Ouporova.

Le garagiste s'était immobilisé. Il avait dû avoir les cheveux blonds autrefois. Ils étaient blancs aujourd'hui et coupés en brosse drue. Ce qu'il y avait de curieux, c'était une cicatrice qui lui partait de la tempe gauche, au-dessus de l'oreille, et zigzaguait jusqu'à sa lèvre supérieure. Un vieux souvenir sûrement mais qui ne s'effacerait jamais. La peau était légèrement plus blanche à l'endroit de la cicatrice.

— Je sais ce qui lui est arrivé, murmura Klima. C'est affreux. Nous avons été collègues, à Prague, pendant vingt ans. Même si nous n'étions plus aussi amis qu'autrefois, c'est tout de même atroce, cette manière de mourir...

Il saisit un coupe-papier qu'il tint en équilibre, la pointe sur le cuir du sous-main de son bureau, le coinçant du bout de l'index par le manche.

— Vous êtes sur une piste, inspecteur ? interrogea-t-il.

Boris eut un geste vague.

— Pour le moment, j'essaie de situer le personnage, émit-il. C'est pour ça que je suis ici. J'aimerais savoir par exemple pourquoi il a été viré de la Sécurité d'Etat avec pertes et fracas, à Prague...

Milan Klima remua des fesses sur son fauteuil.

— J'étais déjà en France à l'époque, murmura-t-il. Je ne peux vous répéter que ce qu'il m'a raconté. Il a été renvoyé pour avoir accepté des pots-de-vin. Il a même fait deux ans de prison à cause de ça.

— Je sais, répondit Corentin.

— Quand il a été libéré, il a demandé un visa de sortie. Là-bas, c'est plutôt coton à obtenir. Ça demande souvent des années. Quelquefois on ne vous le délivre jamais. Ou alors, on vous menace de tellement de persécutions contre vous ou votre famille que vous finissez par y renoncer...

Il eut un petit rire.

— Mais pour Frantisek, je crois que c'est allé assez vite. Les régimes socialistes se débarrassent bien plus facilement de ceux qu'ils considèrent comme des « brebis galeuses » que des autres... Regardez Castro à Cuba, il n'y a pas si longtemps, quand il a royalement ouvert ses frontières et laissé filer tous ceux qui le souhaitaient vers Miami... En réalité, il en a profité pour vider les prisons et les hôpitaux psychiatriques de l'île, ce qui fait que les Américains ont hérité de milliers de dingues, de malades et de gibiers de potence...

Il laissa tomber le coupe-papier.

— C'est un peu ce qui est arrivé dans le cas de Frantisek. Les autorités tchèques ont dû penser : « bon débarras »...

Boris le regarda fixement.

— Vous le voyiez souvent, depuis qu'il vivait à Paris ?

L'autre se raidit imperceptiblement.

— Assez peu. Nous n'étions pas d'accord sur grand-chose, vous savez...

— Sauf sur la cuisine tchèque, peut-être ? interrogea Corentin d'une petite voix.

Klima releva les sourcils.

— Pardon ?

Un dépliant rouge atterrit sur le bureau du garagiste.

— Nous avons trouvé ça au domicile de Frantisek Ouporova. Est-ce que ça vous dit quelque chose ?

Boris suivit du regard une petite goutte de sueur qui, partie de la racine des cheveux, avait dégringolé lentement en suivant la courbe du front bombé de Klima, et cherchait à rejoindre maintenant la profonde rainure blanche de la cicatrice.

— A tout hasard, bien sûr, murmura encore Corentin...

Une mouche bourdonnait entre eux. Elle finit

par se poser sur le dépliant rouge du *Vltava* et à s'y immobiliser, frottant l'une contre l'autre ses pattes de devant comme si elle venait de conclure une affaire extrêmement juteuse.

Klima fixait lui aussi la mouche.

— Oui, finit-il par dire. Je connais.

Il y eut un silence. La mouche continuait à se frotter les pattes. En langage vulgaire c'était une mouche à viande, de celles qui adorent pondre les œufs dans la barbaque et accélérer la corruption des denrées sur lesquelles elles se posent. En langage scientifique, elle portait un nom superbe : « Sarcophage magnifique »... Le regard des deux hommes convergea sur elle un instant. Klima sentit son pouls s'emballer. *Le Vltava.* Il s'était refusé de toutes ses forces à y penser. Il n'y avait aucune raison d'imaginer le moindre lien entre ce restaurant de la rue Norvins et la mort de Frantisek. Ridicule. Absurde. Il se dit qu'il aurait mieux fait de prendre ses vacances en août, comme tout le monde, plutôt que de prévoir une croisière en Egypte en septembre. En ce moment, il aurait été sur une plage, en train de draguer sa voisine de droite ou celle de gauche... Au lieu de ça, il était assis en face d'un policier de la Brigade Mondaine qui lui mettait sous le nez ce dépliant. Quelque chose qu'il voulait précisément écarter de ses pensées. Il grimaça. « J'ai peur, pensa-t-il. Pourquoi j'ai peur comme ça ? C'est idiot... Je n'ai aucun motif... » Il s'aperçut que son estomac gargouillait. C'était absurde, ce bruit, un couinement de son organisme qui manifestait sa peur à sa place. Il se contracta le ventre mais le couinement continua. On n'entendait plus que ça dans la pièce. Du moins c'est ce qu'il croyait. Il n'avait jamais connu une peur pareille. Sauf le jour de son départ de Tchécoslovaquie, quand il avait enfin obtenu un visa de sortie. Un ami l'avait accompagné jusqu'à la frontière. En pleine nuit, ils s'étaient arrêtés à quelques kilomètres du poste de douane. Au milieu d'un petit village sinistre, trois ou quatre maisons basses. Il avait regardé le tracteur abandonné, un tas de rouleaux de fil de fer rouillé à côté, un petit étang où dormaient quelques canards... Un paysage insignifiant, laid, dérisoire. Toute la misère de son pauvre pays arriéré, torturé, mille fois envahi, y était résumée. Et pourtant, soudain, c'est la peur qui avait pénétré en lui. Il s'était dit qu'il était en train de quitter sa patrie et qu'il ne reviendrait jamais en arrière... A ce moment-là son estomac s'était mis à gargouiller. Exactement comme aujourd'hui.

Il tressaillit.

— C'est vrai, je connais ce restaurant. Le club aussi. Ça n'a rien d'étonnant, inspecteur. Tous les Tchèques de Paris le connaissent comme moi.

Boris hocha la tête.

— Frantisek Ouporova y allait souvent ?

Klima croisa les mains sur son estomac.

— Je l'ai introduit moi-même au club, fit-il. Mais après, il y est allé seul. Certainement plus souvent que moi, en tout cas...

La mouche s'envola dans un bourdonnement.

— Vous savez ce que c'est, inspecteur ? Un club de rencontres... Tout ce qu'il y a de tranquille, d'ailleurs. Les filles qui sont là, elles veulent ou elles veulent pas... Jamais d'histoires. Chacun ses goûts. L'une des règles de l'endroit, c'est qu'elles sont entièrement libres de refuser ou d'accepter les propositions...

— Je vois, grogna Corentin.

La mouche réatterrit sur le dépliant comme si elle y avait oublié quelque chose.

— C'est pas à la portée de toutes les bourses,

reprit Klima. Mais les exilés qui ont des bouffées de nostalgie peuvent s'y retrouver entre eux. La patronne est tchèque, l'ambiance est tchèque, l'alcool est tchèque...

— Et les filles ? coupa Corentin.

— Certaines. Assez rarement, à vrai dire. Mais je vous le répète, je n'y vais plus depuis longtemps... Trop cher pour moi.

Sa main s'était relevée lentement au-dessus du bureau. Corentin comprit ce qu'il préparait. Il ne bougea pas.

— A part *le Vltava,* murmura-t-il, vous n'avez aucune idée concernant la mort d'Ouporova ? Aucune hypothèse ? Des ennemis que vous auriez pu lui connaître... ou supposer.

La main de Klima s'abattit sur le dépliant du club privé de la rue Norvins. Sa paume claqua contre la table et quand il la releva, la mouche était tout aplatie contre le carton rouge.

— Pas la moindre idée, souffla-t-il. Je vous l'ai dit, on se voyait rarement... Et puis Frantisek n'était pas quelqu'un d'assez important pour qu'on en veuille à sa peau, à mon avis... Il traduisait des textes d'émissions pour *la Voix de Prague.* Ça suffisait à peine pour lui permettre de joindre les deux bouts... Il vivait seul... Pas de femme, pas de maîtresse. Du moins à ma connaissance...

Klima souleva doucement le dépliant et le dirigea vers la corbeille à papiers où, d'une secousse, la mouche dégringola. Puis il le rendit à Boris Corentin.

— Savez-vous, dit celui-ci, comment Ouporova a décroché ce job à *la Voix de Prague* ?

L'autre battit des paupières.

— Le monde des émigrés est petit, murmura-t-il. Et celui des amis des émigrés est encore plus restreint. Si vous connaissiez le milieu des Tchèques de Paris, vous connaîtriez aussi Nantois...

— Pardon ?

— Un Français. Gérard Nantois. Ancien journaliste spécialisé dans les questions d'Europe de l'Est. Maintenant, il est à la retraite. Il ne quitte pratiquement plus sa propriété. Près de Châteaudun, je crois... Une baraque superbe au bord du Loir. Mais c'est toujours une célébrité parmi les Tchèques émigrés. Il faut dire qu'il en a aidé pas mal... Ouporova, par exemple. D'autres encore... Quand un type débarque de Prague sans un sou, c'est toujours chez Nantois qu'on l'envoie...

— Pourquoi ? interrogea Corentin.

L'autre se laissa un peu aller en arrière dans le fauteuil.

— Une vieille histoire... Nantois était en reportage à Prague en février 1948, au moment du coup d'Etat. La prise du pouvoir par les communistes... Le « Coup de Prague » comme on dit... En tant qu'étranger, ressortissant français, il ne risquait rien du tout. Seulement il a eu la mauvaise idée de vouloir sauver une femme menacée par le nouveau régime... A l'aéroport, on les a arrêtés tous les deux, emprisonnés, battus, torturés. La fille est morte en taule. Lui, il a mijoté cinq ans dans une cellule comme espion, avant d'être enfin libéré grâce à de nombreuses interventions diplomatiques... Bref, c'est une des premières victimes du régime prosoviétique.

Il eut un sourire pâle.

— Pour cette raison, c'est un ami de tous les émigrés, vous comprenez ? Quelles que soient les raisons pour lesquelles ils s'exilent, tous les Tchèques ont d'excellents motifs de détester le système qui règne sur le pays et l'étouffe depuis si longtemps... Nantois m'a dépanné à mon arrivée en France. Et il a fait la même chose pour Frantisek. On cherchait un traducteur pour *la Voix de Prague*, il l'a pistonné.

— Je vois, murmura Corentin.

Milan Klima secoua la tête.

— En tout cas, ça n'explique pas la mort de Frantisek. Cette horreur... Ce massacre... Je me demande qui a pu lui en vouloir à ce point-là.

Boris Corentin se leva.

— J'espère, ajouta Klima, que vous allez coincer très vite son assassin.

Boris le fixa.

— Je l'espère aussi, murmura-t-il.

Quand il se rassit au volant de la Golf GTI, Boris Corentin faillit pousser un cri. En une heure de stationnement en plein soleil, on aurait dit que toute la chaleur de l'été était venue se concentrer dans l'habitacle. Il en sortit aussi vite qu'il y était entré et entreprit d'en baisser toutes les vitres pour essayer de provoquer des courants d'air. En attendant, il s'alluma une cigarette.

Debout près des pompes, l'employé herculéen qui répondait au prénom de Jakub le regardait sous sa visière en plastique transparent bleu. Ce n'était pas un regard amical. Loin de là.

CHAPITRE XI

L'inspecteur principal Aimé Brichot examina avec un désespoir mal contenu le bout de ses Church's couvertes de poussière blanche. On aurait dit qu'il venait de se rouler dans un sac de plâtre. Une brève vague de rage l'envahit. A l'heure qu'il était, il aurait dû être avec Jeannette à La Baule, en slip de bain, cavalant derrière un ballon lancé par Rose ou Colette, les jumelles, ou de ramasser dans le sable la tartine de confiture du « quatre heures » de Charles, son dernier-né, assis à l'ombre sous un parasol et commençant à piquer sa crise quotidienne...

Au lieu de ça, il usait ses semelles de souliers dans un Paris désert et torride, à essayer de remuer de vieilles histoires qui n'avaient qu'un lien très hypothétique avec l'affaire sur laquelle venait de les lancer Charlie Badolini.

Il écouta claquer dans son dos la lourde porte de chêne verni de l'immeuble où habitait la veuve du banquier Schönberg, rue Mignard, dans le XVIe arrondissement. Elle y habitait, c'est vrai. Mais pour le moment, « Madame était en vacances, comme chaque année , dans sa propriété de Pyla, près d''Arcachon, et elle ne rentrerait que vers la mi-septembre »... C'est ce que lui avait expliqué poliment la gardienne de l'immeuble, une très vieille dame à cheveux blancs qui avait l'air de sortir d'une gravure du siècle dernier, avec un ruban de velours noir autour du cou et des tas de souvenirs de sa splendeur passée dans les vingt mètres carrés de sa loge.

Autrement dit, il faisait chou blanc. D'ici à ce que l'autre veuve, celle de Lesterfield-Blainville, soit aussi en train d'attraper des coups de soleil à l'autre bout de la France, il n'y avait qu'un pas. Brichot se fouilla à la recherche du papier sur lequel il avait noté l'adresse de Diane Lesterfield-Blainville, la veuve en question. Il grimaça. Ce n'était pas la porte à côté. Rue Joseph-Bara, dans le VIe arrondissement. En plus, on était en plein mois d'août. Donc aucun taxi à l'horizon. Il marcha jusqu'à l'avenue Henri-Martin. Les marronniers de la contre-allée semblaient avoir subi un traitement au napalm tellement leurs larges feuilles étaient brunies ou roussies. En plus, chacun de ses pas soulevait un petit nuage de poussière et ses Church's se couvraient progressivement de nouvelles couches blanchâtres... Le taux de désespoir qui fermentait dans son sang s'accrut de plusieurs degrés. Sans compter qu'il n'arrêtait pas de transpirer dans son costume en Dacron anthracite qui avait la vertu de se froisser et de se transformer, dès qu'il l'enfilait, en une sorte de torchon humide innommable. Le bilan était complet. On l'envoyait enquêter sur des affaires vieilles de trois ou quatre ans, des dossiers classés depuis belle lurette qui dormaient dans la poussière des archives où plus personne, jamais, n'irait les rechercher, et il faisait depuis le début de l'après-midi des kilomètres à travers Paris à la recherche de fantômes.

Et tout ça pourquoi ? Simplement parce qu'un type, un exilé tchèque, s'était fait refroidir d'une manière très spéciale qui rappelait d'extrêmement près la façon dont, des années avant, un banquier, enfin un directeur d'agence nommé Schönberg, et un fonctionnaire, un diplomate appelé Lesterfield-Blainville, étaient eux-mêmes morts. Sans qu'on ait jamais pu élucider le mystère de leur disparition.

Lui, Aimé Brichot, il était chargé de trouver un lien entre ces trois affaires qui, pour le moment, n'en comportaient qu'un : la façon qu'on avait eu de leur faire avaler leur bulletin de naissance.

Une façon horrible, il fallait avouer. Particulièrement sanglante. Seulement, comme fil conducteur c'était peut-être spectaculaire mais ça restait plutôt maigre.

Place du Trocadéro, à la station, il y avait un taxi. Brichot estima que ça relevait du miracle. Il se laissa tomber sur le siège arrière avec les yeux d'un type qui vient de traverser le désert du Ténéré et qui aperçoit une pancarte, sur une dune, marquée « Buvette »...

Le chauffeur se retourna avec un grand sourire, un bras passé sur la banquette.

— Ça alors, fit-il, ça fait plaisir de voir un client. Si vous saviez ce qu'on se sent seul quelquefois, quand on fait le taxi au mois d'août...

Brichot avait sorti un Kleenex et commença à débarrasser ses chaussures de la poussière accumulée.

— Quand on est flic aussi, grogna-t-il, ça arrive qu'on se sente seul.

L'autre eut un petit haut-le-cœur, mais c'était plutôt du respect qu'autre chose. Du respect et de la curiosité.

— Vous, dit-il, vous êtes un policier qui a des soucis...

— Pensez-vous, s'écria Brichot. Je suis l'homme le plus heureux du monde, ça ne se voit pas ? On démarre ?

*
**

Difficile de trouver plus mélancolique qu'une cour d'école au mois d'août. C'est vide, c'est silencieux, c'est désert, on a l'impression que les enfants sont partis définitivement et qu'ils ne reviendront plus jamais. Brichot s'arracha au spectacle. Les fenêtres du salon de l'appartement de Diana Lesterfield-Blainville, au troisième étage d'un immeuble tout neuf et luxueux de la rue Joseph-Bara, donnaient sur l'arrière d'une école qui faisait l'angle de ladite rue et de la rue Notre-Dame-des-Champs.

— Voilà, fit une voix derrière lui. J'ai pensé que vous aimeriez prendre votre whisky avec des glaçons ?

— Merci, murmura Brichot en pivotant sur les talons.

Elle se laissa retomber dans un fauteuil, en face de lui.

— Inutile de faire cette tête d'enterrement, monsieur l'Inspecteur, murmura-t-elle. A l'époque, la mort de mon mari m'a remuée. A cause de la façon horrible dont on l'a tué. Et aussi parce que rien dans sa vie, à ma connaissance, ne pouvait laisser prévoir un pareil dénouement. Mais j'ai survécu, vous savez... J'avais beaucoup d'amitié pour lui. Pas d'amour... Alors, pour les condoléances, de toute façon, c'est un peu tardif, vous ne croyez pas ?

Elle s'était laissée aller au fond d'un gros fauteuil de cuir noir et elle remuait lentement son verre en examinant les colorations du whisky dans lequel tombaient les grosses taches d'or du soleil.

— Ce qui m'a fait le plus de mal, reprit-elle, c'est que l'enquête n'ait pas abouti...

— Pourquoi ? interrogea Brichot.

— J'aurais voulu pouvoir voir en face, de près, la tête de ceux qui ont fait une chose pareille. Tuer un homme de cette façon... Le laisser se vider de son sang comme ça... Mourir dans de pareilles souffrances...

Elle se releva. Le salon était de dimensions impressionnantes. Entièrement peint en blanc. Avec un seul mur, celui du fond, en jaune. Et les portes en noir. Partout du velours gris, du cuir, du bois et des tables en verre. Mobilier hyper-moderne. Tables basculantes à deux positions. Carrelage noir et blanc par terre. Elle montra un point de l'espace, entre deux fauteuils.

— C'est ici qu'on l'a retrouvé, souffla-t-elle. Par terre. Exsangue. Evidemment, il n'est pas mort sur place. On l'a ramené chez lui... Moi, j'étais à New York à l'époque. Je suis revenue dès que j'ai su...

Aimé Brichot fixait l'endroit qu'elle lui avait désigné. Joseph Lesterfield-Blainville était mort exactement comme Ouporova. Massacré préalablement avec une lame de rasoir puis transporté jusqu'à son domicile... Il haussa les sourcils derrière ses épaisses lunettes Amor de myope.

— Il y avait une certaine différence d'âge entre vous, je crois ? murmura-t-il.

Elle rit. Elle était décidément très belle. Tout en grège. Avec un long pull très fin boutonné sur le côté et une sorte de short en jersey de laine fermé par des nœuds sur les cuisses. Plus loin, c'étaient des kilomètres de jambes vers le bas et, en haut, un long cou et un visage aux cheveux bruns de parfaite star de magazine avec une bouche large, charnue, une vraie bouche de femme gourmande et sensuelle.

— Vingt ans. Presque vingt, répondit-elle.

Elle se laissa à nouveau glisser dans le fauteuil.

— Bien entendu, nous avons toujours fait chambre à part, ajouta-t-elle. D'un commun accord.

Brichot écouta tinter les glaçons dans son verre.

— Vous avez l'intention de rouvrir le dossier de cette affaire, monsieur l'Inspecteur? demanda-t-elle.

Il s'effleura de l'index la moustache.

— Pas exactement, murmura-t-il. Enfin peut-être... On ne sait jamais. Ça dépend...

— De quoi? fit-elle. Je suis peut-être indiscrète, mais...

Brichot détourna les yeux pour éviter de trop s'attarder sur les cuisses qu'elle décroisait lentement et recroisait.

— A vrai dire, fit-il, nous enquêtons sur un nouveau crime du même genre. Quelqu'un vient d'être tué exactement comme l'a été votre mari il y a trois ans... Il n'y a d'ailleurs peut-être aucun rapport entre ces deux affaires... Mais la similitude des procédés nous a mis la puce à l'oreille. Et alors...

Elle se pencha en avant et ses seins tendirent la très mince étoffe du pull tunique.

— Je peux vous demander de qui il s'agit?

Brichot eut un geste vague.

— Un Tchèque, répondit-il. Un émigré tchèque d'une cinquantaine d'années... Un certain Frantisek Ouporova. Il a été retrouvé mort le 1er août dernier, vous n'avez pas lu les journaux?

Elle rit.

— Je travaille dans un journal, fit-elle. Un quotidien. Mais les rubriques dont je m'occupe, c'est plutôt les affaires sociales, l'économie... Alors, les faits divers, vous savez...

Elle reposa son verre sur la table basse, entre eux.

— C'est parce que je travaille dans ce journal que vous avez eu la chance de me trouver ici en plein mois d'août, ajouta-t-elle.

Elle réfléchit.

— En tout cas, reprit-elle, ce nom ne me dit rien. Rien du tout... Je suis désolée...

Brichot se leva.

— Moi aussi, souffla-t-il. Excusez-moi de vous avoir dérangée.

Au moment où il fut debout, il se trouva les jambes plutôt molles brusquement. Il essaya de se dire que c'était le whisky. Pas la silhouette de la veuve du diplomate, ni son parfum enveloppant qui n'arrêtait pas de le chercher aux narines à travers l'appartement.

— Je vous raccompagne, fit-elle en se levant à son tour.

*
**

La très longue main parfaitement manucurée de Diane Lesterfield-Blainville était bloquée, immobile, sur la poignée de la porte d'entrée depuis une bonne minute. C'est long une minute entière de silence et d'immobilité, et Aimé Brichot se demandait désespérément comment on allait décoincer la situation, lorsque la main de la jeune femme se releva de la poignée de la porte et son bras, en s'éloignant, laissa retomber la lourde portière de velours rouge.

Elle regarda Aimé Brichot.

— Je ne vous ai pas tout dit, murmura-t-elle.

Les yeux de l'inspecteur de la Brigade Mondaine s'arrondirent derrière les lunettes.

— Je ne vous ai pas tout dit parce que c'est difficile à dire, reprit-elle. Surtout à un policier.

Elle secoua la tête et ses boucles d'oreilles en or, deux grands anneaux qui lui caressaient presque les épaules, s'agitèrent.

— Oh, je ne vous ai pas menti, je ne connais pas le nom de l'homme dont vous venez de me parler, prévint-elle. Seulement il y a peut-être quand même quelque chose que je peux vous dire et qui vous aidera éventuellement... Je ne sais pas...

Elle hésitait encore. Elle finit par poser la main sur le bras d'Aimé Brichot.

— C'est très délicat à raconter, il faut m'aider.

Brichot se trouva la voix pâteuse.

— Je veux bien. Mais...

Elle l'entraîna soudain.

— Ne restons pas là, venez. On étouffe partout dans l'appartement, sauf dans ma chambre où il y a la climatisation...

Le volume de la pièce en question avait été redécoupé d'une façon originale. Trois panneaux en bois verni formant un triangle dans lequel était enchâssé un lit où il était difficile de ne pas s'asseoir étant donné que c'était le seul meuble de la pièce.

Diana Lesterfield-Blainville, en entrant, avait poussé un interrupteur et quatre spots s'étaient allumés, dans deux niches derrière le lit donnant sur le mur du fond de la chambre, originellement rectangulaire. Ça faisait comme deux fenêtres ouvertes, cinquante centimètres plus loin, sur un mur. L'espace entre les panneaux et le mur était rempli de plantes vertes. Le lit de Diana avait l'air de donner directement sur une serre. D'autres spots faufilaient leur lumière sourde à travers les épais feuillages, on avait l'impression de baigner dans une sorte de mini-forêt tropicale...

— Venez, souffla la veuve du diplomate.

L'inspecteur Aimé Brichot trouva que sa salive était brusquement très difficile à avaler. Il trouva également que la main de Diana était très fine, très longue, très caressante et couverte de fort jolies bagues. Il pensa aussi et enfin que le lit sur lequel il atterrissait était le plus profond et le plus moelleux qu'il avait jamais connu...

— C'est trop délicat de parler de cette histoire-là comme ça, froidement, murmura-t-elle. Il faut m'aider

— Je veux bien, redit Brichot. Mais comment ?

Elle se rapprocha de lui, les yeux enfiévrés.

— Idiot, souffla-t-elle. Quand on aura vraiment fait connaissance, je te parlerai. Pas avant.

Il sentit les mains de la jeune femme qui se posait sur ses cuisses et il se dit que la climatisation dont elle lui avait parlé devait être en panne. En réalité, la température dans la chambre était littéralement caniculaire. Ou alors c'était le bateau qui se mettait à vibrer et à tanguer au-dessous de lui. Quel bateau ? Ça commençait à tourner très fort. Je vais être malade, après, pensa-t-il. Comme à chaque fois qu'il trompait Jeannette. C'est-à-dire, il faut être juste, très rarement. Surtout en comparaison des occasions qui s'offraient. Malade comme une bête. Après avoir fait l'amour à une autre femme. Comme une bête également.

Diana se renversa au milieu du lit. On aurait presque pu l'entendre ronronner.

— Retire-moi mon short, souffla-t-elle.

Brichot, mains un peu tremblantes, s'énerva

sur les nœuds à hauteur des cuisses. Et puis finalement il baissa le tout. A l'arraché. Entraînant le slip noir qui se roula sur lui-même comme du papier à cigarette. Dévoilant quelque chose d'encore plus noir, une toison brune, serrée, mousseuse, parfumée.

— Nom de Dieu ! gémit-il.

Elle l'attrapa par les oreilles.

— Tu sais ce dont j'ai envie ? fit-elle. Un truc que les hommes oublient toujours quand on n'ose pas leur demander. Il n'y en a qu'un seul qui m'ait fait ça comme il faut. Un de mes amants, il y a cinq ans. J'en ai encore la chair de poule quand j'y repense... Il avait exactement la même petite moustache en brosse que toi. Ça grattait en même temps qu'il aspirait mes petites lèvres dans sa bouche, qu'il tournait sa langue en rond autour de mon clitoris... Tu ne peux pas savoir... C'était divin...

Elle se laissa retomber en arrière, écartant les cuisses.

— Compris, lâcha Brichot, écarlate. Pas la peine de me faire un dessin !

***

Un quart d'heure plus tard, l'inspecteur Aimé Brichot de la Brigade Mondaine, section des Affaires Recommandées, père de trois enfants, put à nouveau constater sur sa propre personne un certain phénomène de vasodilatation dont une vie conjugale sage, rangée, heureuse et régulière, l'avait petit à petit déshabitué : c'est rare que deux époux, même s'ils s'adorent, tirent plusieurs coups de suite le même soir après des années de mariage...

Il remontait. Plus dur et plus volumineux encore. Il faut dire que les agaceries qu'était en train de lui faire Diana avec son admirable paire de fesses nues et blanches qu'elle frottait contre son ventre en les écartant, buste plongé en avant, cuisses très ouvertes, auraient eu de quoi réveiller un mort.

« Et on remet ça ! pensa Brichot. En avant ! »

Les murs déjà biscornus de la chambre tanguaient très fort. Il se bloqua tout à coup, appuyé à sa croupe somptueuse.

— Cette confidence, lâcha-t-il d'une voix hachée. Qu'est-ce que c'était ? On ne se connaît pas trop mal, maintenant ?

Elle se mit à tourner lentement des hanches.

— Tu n'as pas compris ? dit-elle avec effort.

Brichot essaya de ne pas trop s'attarder dans l'examen de la croupe ouverte au-dessous de lui.

— Non, avoua-t-il.

Elle se tordit légèrement la nuque dans sa direction.

— Les choses « délicates » à dire, c'est toujours des histoires de cul, jeta-t-elle. Tu sais ça ? Eh bien avant d'être mariée, j'étais pute, vois-tu. Oh, à mes moments perdus. Dans des espèces de Clubs de rencontres... Des endroits discrets où on peut faire la connaissance de Messieurs friqués... C'est même comme ça que j'ai alpagué Joseph mon futur époux...

Brichot se caressa le crâne d'une paume couverte de sueur.

— Ça c'est ta vie privée, émit-il. Quel rapport avec...

— C'est à cause du mort dont tu m'as parlé. Un Tchèque, tu as dit ? Eh bien, mon mari et moi, même après être passés devant le maire et le curé, on a continué à aller dans des boîtes de partouzes. Oui, c'est comme ça... On formait pourtant un couple uni, d'une certaine façon... Il arrive que les joies du corps soient séparées de la fidélité de l'esprit et du cœur... Joseph et moi, finalement, en dehors du cul, on s'entendait bien.

— Je ne vois toujours pas le rapport, fit Brichot.

Elle joua à nouveau des fesses...

— Une des boîtes qu'on fréquentait assidûment, Joseph et moi, c'était un club tenu par une femme dont j'ai oublié le nom... Une Tchèque. Tu comprends maintenant pourquoi je te raconte ça ?

Brichot se gratta la moustache.

— Je crois que je vois, fit-il.

— Mon mari mort le sexe tranché... Un autre type qui vient de mourir de la même façon... Et qui lui, était tchèque... Et cette boîte de partouzes, ce club tenu par une Tchèque... C'est peut-être le hasard d'ailleurs, une fausse piste... Mais je préférais te le dire. Et pour te le dire, il fallait que je t'explique d'autres choses. Plus intimes. Donc qu'on soit en confiance... Au moins un peu.

Les prunelles de Brichot vacillèrent quand elles se reposèrent sur le postérieur de Diana.

— *Le Vltava,* émit-il enfin doucement. C'est ça le nom de la boîte, je crois... *Le Vltava,* à Montmartre, si mes souvenirs sont bons...

— Peut-être, murmura Diana. Mais maintenant tu vas être gentil, je t'ai dit tout ce que je savais. Alors on n'en parle plus et tu me baises ! Ça fait mille ans que j'en ai envie !

*
**

A peine descendu de chez Diana Lesterfield-Blainville, l'inspecteur Aimé Brichot dévala la rue Joseph-Bara jusqu'à la rue d'Assas. De l'autre côté du trottoir, au coin de la rue d'Assas et de la rue Michelet, il y avait une cabine téléphonique.

« Jeannette », gémit-il en s'y engouffrant.

Ça avait déjà été comme ça les très rares fois où il avait trompé son épouse adorée. Régulièrement, ensuite, il se payait une crise rituelle de culpabilité carabinée.

Il pianota sur le cadran avec l'énergie du désespoir, comme si la cabine téléphonique avait été l'habitacle d'un avion en perdition.

Mais, dans la maison qu'ils avaient louée, là-bas, à La Baule, la sonnerie s'égosilla interminablement sans que personne ne décroche.

Brichot émergea de la cabine, un peu titubant sous le feu du ciel. Il se sentait tout flou en dedans. Il avait soif. La rue d'Assas descendait, tirée au cordeau et complètement vide. Jamais il ne s'était senti si seul. Aucun bistrot ouvert à l'horizon... « Jeannette, gémit-il intérieurement, pourquoi tu n'es pas là quand j'ai besoin de toi ? »

CHAPITRE XII

Avec ses moustaches blanches qui rebiquaient du bout, sa chevelure blanche plaquée en arrière et partagée soigneusement par une raie, et son teint de brique cuite au four, Gérard Nantois, à 63 ans, aurait pu faire un officier de l'armée des Indes extrêmement présentable dans un film tiré d'un roman de Rudyard Kipling. Ça devait être pour ça, d'ailleurs, que tout le monde au *Vltava*, du personnel aux habitués parmi la clientèle, l'appelait « Colonel ». Bien respectueusement. En s'inclinant même un peu devant lui, discrètement, pour manifester qu'on savait à quel point il était le rouage le plus important de l'établissement. Même si, en façade, c'était Anna Brozek qui surveillait la bonne marche du restaurant et du club. Un arrangement qui lui permettait de ne pas apparaître dans les livres de comptes de la Tchécoslovaque, et de continuer à couler des jours paisibles dans son manoir de famille, près de Châteaudun, à Etampilly, au bord du Loir. En achevant de restaurer à grands frais une toiture qui, l'hiver, laissait passer des paquets de neige ou de pluie. Travaux que ne lui aurait certainement pas permis de réaliser sa retraite modeste de journaliste professionnel spécialisé dans les questions de l'Europe de l'Est...

Ceux qui avaient un jour ou l'autre fait appel à lui et qui avaient constaté à quel point il pouvait être généreux quand on était dans le besoin, ceux qui le voyaient de temps en temps traverser la salle de restaurant du *Vltava*, au rez-de-chaussée, ou se promener au premier, toujours tiré à quatre épingles, costume croisé en cachemire ou smoking trois-pièces en grain de poudre, revers en satin, gilet croisé à quatre boutons et pantalon à pinces avec baguettes de côté en satin, ceux-là auraient sans doute été assez étonnés si, par un coup de baguette magique, ils avaient pu se dématérialiser, traverser la porte hermétiquement close et assister, invisibles, à ce qui se passait dans la chambre bleue où, depuis la mort de Frantisek Ouporova, celle qui l'avait tué, Tereza, était enfermée...

Debout, le teint toujours aussi rouge brique, le « Colonel », alias Gérard Nantois, n'avait gardé que sa chemise en voile de coton à col cassé et plastron en piqué ainsi que son nœud papillon. Un peu plus bas, il ne portait rien.

Sauf, là où il y aurait dû y avoir un slip ou un caleçon, une culotte en plastique comme on en met aux bébés. Avec, en dessous encore, des couches dans lesquelles il adorait se réveiller, le matin, tout trempé.

Cette bien innocente manie se cramponnait à lui depuis une bonne quarantaine d'années et il y avait peu d'espoir, désormais, qu'il parvienne à s'en débarrasser. Elle avait même valu à Gérard Nantois deux divorces successifs. Après le second, Nantois, désemparé, avait écrit (anonymement bien sûr) à un journal spécialisé dans les problèmes de couples et la « sexologie » : *Accord parfait*. Il avait exposé son cas en long et en large et demandé pour finir si, de l'avis de l'éminent spécialiste de service, le fait de ressentir une forte érection à chaque fois qu'il apercevait une culotte en plastique en train de sécher sur un fil pouvait être considéré comme une maladie...

« Pas du tout ! lui avait répondu le spécialiste éminent. Au contraire ! Tous les fantasmes sont dans la nature ! Vous préférez perdre votre épouse que de vous priver de votre bambinette ? C'est votre droit ! Bien sûr, on pourrait dire qu'une part de vous-même est restée en enfance, que vous êtes d'une certaine façon encore un bébé... Mais si ça vous amuse, c'est à vous de juger. Nous vous souhaitons en tout cas de rencontrer très vite la créature de vos rêves. La femme qui saura vous comprendre. Celle qui vous masturbera enfin dans vos couches et vos culottes de plastique... »

En rencontrant Anna Brozek, quelques années plus tard, Nantois n'avait pas trouvé cette femme : il en avait trouvé plusieurs. Autant qu'il voulait. Mais aucune des habituées du club très fermé de la Tchèque en exil ne lui avait paru plus affolante, plus excitante que l'une de ses dernières recrues : la très blonde et frêle Tereza. Surtout quand, comme ce soir, culotte de plastique également baissée sur les cuisses, il l'obligeait à l'avaler et que, hoquetante, gémissante, au bord de l'étouffement, Tereza avait le visage couvert de grosses larmes. Il adorait ça, le « Colonel ». Voir une fille pleurer. Les femmes sont faites pour souffrir. Le plus souvent possible. C'était une de ses idées préférées. Une des maximes de base de sa vie. D'ailleurs elles adorent ça. Toutes. Même et surtout celles qui pousseraient des cris de vierge outragée si on le leur disait en face. Surtout celles-là. « Dans toute femme, il y a une esclave qui sommeille... Une esclave frustrée la plupart du temps... Les hommes ne savent pas y faire... Tous trop mous, trop tièdes... » Il en avait comme ça des paquets, d'idées sur les femmes, Gérard Nantois. Mais finalement, à 63 ans passés, il devait se rendre à l'évidence : les plus soumises, c'était encore les professionnelles. Les vraies salopes qui faisaient ça pour le fric.

Comme Tereza.

Celle-ci leva le membre monstrueux de l'ex-journaliste. Un vrai pieu. Une barre à mines. Une énormité congestionnée qui palpitait à deux centimètres de son nez minuscule. Elle l'avait déjà eu dans sa bouche, une fois, elle s'en souvenait encore. Elle avait eu l'impression qu'il allait lui faire éclater le larynx. Elle avait eu énormément de mal à se retenir de vomir. Elle ne l'avait fait qu'après son départ et, ensuite, elle n'avait pas dormi de la nuit.

— C'est trop ! gémit-elle. Je n'y arriverai pas !

L'autre l'attrapa par la nuque.

— Mais si, fit-il tout doucement. Tu l'as déjà fait. Tu peux très bien le refaire.

Elle réessaya. Immédiatement, de grosses larmes lui inondèrent le visage. Ça lui tapait au fond de la gorge comme s'il avait voulu lui traverser le crâne. Et en plus, à chaque fois qu'elle l'engloutissait, il y avait cette culotte de plastique au contact répugnant dans laquelle son menton s'enfonçait.

— Mais oui ! rugit le « Colonel ». C'est ça ! Tu vois ? Quand tu veux tu peux ! Continue !

Il la dirigeait lui-même. Un coup en avant, très profond. Un coup en arrière. Et encore un coup en avant. Et de nouveau en arrière. Le « Colonel » bavait. Il se tourna du buste vers Anna

Brozek, silencieuse dans un fauteuil crapaud bleu, derrière lui.

— Elle fera une salope fantastique, rugit-il. Elle a du talent ! Une vraie bouffeuse de queues. Et je m'y connais ! Regarde-la. Regarde comme elle pleure bien !

C'était ça qui l'affolait le plus chez les femmes : leur capacité de s'humidifier. De partout. A la commande. « Une femme, ça doit mouiller. C'est né pour ça. » Encore une autre de ses maximes...

Anna Brozek approuva machinalement. La Dunhill qu'elle tenait au bout des doigts était presque intégralement consumée. Une longue colonne de cendre un peu courbe. Elle chercha des yeux un cendrier. Il n'y en avait pas dans la pièce. Elle laissa tomber la cendre dans le creux de sa paume gauche et regarda le bout filtre de sa cigarette qui achevait de se consumer en rougeoyant.

En fin de compte, l'explication avec Nantois ne s'était pas trop mal passée. Bien sûr, il l'avait giflée plusieurs fois. Il avait même retiré sa ceinture, il lui avait ordonné de relever sa jupe et de baisser son slip, et il l'avait cinglée à grands coups de lanière de cuir en la traitant de tous les noms. Après, elle s'était aperçue qu'elle avait le menton couvert de sang : pour ne pas crier, elle avait enfoncé les dents dans sa lèvre inférieure... Nantois avait horreur qu'on mélange le boulot et les sentiments. C'est ce qu'elle avait fait en organisant le meurtre de Frantisek Ouporova. Elle s'était laissée aller à réaliser un projet stupide et dangereux. La vengeance. Elle avait compromis leur association. Toute leur œuvre... Le restaurant pour la façade de respectabilité inattaquable. Et le « Club ». Leur chef-d'œuvre. Lui-même intouchable en principe. Un lieu de rencontre régi par la loi du 1er avril 1901 sur les associations, avec statuts déposés en bonne et due forme à la Préfecture comme il se doit, et annonce réglementaire au *Journal Officiel.* Clients triés sur le volet, rien que le dessus du panier. Pas de « professionnelles ». Du moins en principe. Rien que des *échanges* entre adultes libres de leurs corps, de leurs désirs, de leurs caprices. Sans oublier le détail de génie : *l'annexe* du club comme ils disaient entre eux. L'appartement secret avec les portes de communication camouflées pour y parvenir. En traversant un appartement vide et délabré dont Gérard Nantois était le locataire en titre... Le repaire connu de quelques habitués où dormaient les pensionnaires de Mme Brozek et où, très rarement, on consentait à emmener un client particulièrement généreux, et en qui on avait spécialement confiance...

C'est tout cela, d'après le « Colonel », qu'Anna avait failli compromettre en décidant de liquider Ouporova. Un minable. Un exilé de dernière catégorie. Un pauvre type. Comment avait-elle pu faire ça ? Comment son désir de vengeance avait-il pu passer avant leur association ? Cette organisation qu'ils avaient passé des nuits à mettre sur pied. Et qui révélait, d'un seul coup, sa fragilité. A cause d'un brusque accès de folie d'Anna. Ce n'était pas le meurtre de Frantisek qu'il lui reprochait. C'était la manière. La façon imprudente, improvisée, dont elle l'avait réalisé. Et puis ce transport, en pleine nuit, du corps d'Ouporova chez lui. Exsangue. Elle n'avait même pas pensé à demander à Bobby et Carpenter, les deux types qui avaient été chargés du transport, de fouiller un peu le logement d'Ouporova, histoire de s'assurer qu'il n'y avait rien, chez le Tchèque, qui puisse permettre à la police de remonter jusqu'au *Vltava*. Bon, Carpenter et Bobby n'étaient pas des lumières, c'est vrai. A part pour les coups de mains spectaculaires et des travaux de force, on ne pouvait pas leur confier des missions trop délicates. Leur vocation c'était porte-flingues, pas chercheurs. Rien que du muscle et des cervelles de limaces. Officiellement, ils étaient employés aux cuisines du restaurant. A la plonge... Mais leur spécialité c'était plutôt le Colt Python. Plus précisément le Colt Diamondback calibre 38 Spécial, un revolver de grande classe qui pèse 822 grammes avec un canon de 101 mm. Quand ils ne s'amusaient pas à les démonter, les graisser et les chouchouter, ils roupillaient les trois quarts de la journée. Deux ou trois fois on les avait retrouvés en train de se sodomiser mutuellement dans *l'annexe* du club mais ça restait vraiment l'exception. Ce qu'ils adoraient, en revanche, c'était prendre ensemble la même fille, l'un au-dessous et l'autre au-dessus. Certaines des pensionnaires de Mme Brozek avaient horreur de ça. Pas pour des raisons de morale, bien sûr, mais parce que c'était toujours Bobby qui était derrière et qui leur entrait dans les reins. Et Bobby, comme beaucoup de Noirs, était monté comme une bête. Pire qu'un âne. Un vrai Percheron... Carpenter avait des dimensions beaucoup plus raisonnables. Seulement c'était un méchant. Une fois, il s'était amusé à cisailler au couteau le petit espace de chair fragile entre le sexe et l'anus qu'on appelle périnée. Il trouvait la fille trop étroite, il avait envie de l'agrandir. Ça avait fait toute une histoire.

Une autre fois, dans la rue, en pleine nuit, du côté de la porte de la Chapelle, il avait abattu au pistolet-mitrailleur une femme enceinte qui rentrait chez elle. Comme ça. Pour rien. Un vieux fantasme enfin assouvi. Il aurait fallu être psychiatre pour arriver à comprendre. Peut-être. Mais au *Vltava* il n'y avait personne d'assez compétent pour ça...

L'autre détail qui avait indigné Gérard Nantois, c'était la façon dont on avait rectifié Ouporova. Le sexe cisaillé au rasoir. Le *congaï* dans le ventre de Tereza. Elle aurait pu refroidir le Tchèque de mille façons, le couler dans un coffrage de béton, lui sortir le cerveau par les yeux ou les oreilles, l'empaler, le scalper, enfin n'importe quoi, ça ne lui aurait fait ni chaud ni froid au « Colonel ». Mais qu'elle utilise une méthode qui avait déjà fait ses preuves pour deux autres empêcheurs de tourner en rond, et sous son contrôle à lui encore, c'était exactement comme si elle avait envoyé un coup de fil à l'AFP pour revendiquer le crime.

— Pourquoi tu ne leur as pas donné notre adresse pendant que tu y étais ? avait questionné Nantois.

— Gérard, avait répondu Anna, tu sais bien qu'il s'agit de vieilles affaires classées !

Le « Colonel » pouvait être grossier quand on le poussait à bout. Il avait une vieille habitude des salles de rédaction, où en général on ne parle pas du tout comme on écrit.

— Mon cul, avait-il grogné. Tu crois peut-être que ça va leur demander de gros efforts de rouvrir les dossiers ? A l'heure qu'il est, ils doivent déjà être à se torturer les méninges, à essayer de comprendre quel rapport il peut bien y avoir entre les trois cadavres, en plus du fait qu'on les a retrouvés tous les trois avec le zizi partagé en deux parties égales et que c'est moins courant comme manière de mourir qu'une crise cardiaque ou le cancer.

Ensuite, ils avaient mis au point la meilleure

façon de riposter. Tout du moins d'essayer de limiter les dégâts. Pour commencer, avait décidé le « Colonel », il fallait rendre de nouveau une petite visite chez Ouporova. Bien sûr, il devait y avoir les scellés. Bien sûr, la police avait déjà dû ratisser l'appartement en long et en large. Mais on ne sait jamais. Au cas où ils n'auraient pas envoyé, pour démarrer l'affaire, des inspecteurs trop futés sur les lieux, ils avaient une chance de tomber sur le petit détail compromettant pour eux. En tout cas, ils étaient certainement les mieux placés pour le dénicher. L'ennui, c'est qu'un boulot pareil pouvait difficilement être confié à Bobby et Carpenter. Pour faire un trou dans la muraille de Chine rien qu'avec leurs mains et leurs dents, ils auraient été champions. Pas du tout pour dénicher le petit indice accusateur. Mme Brozek avait alors décidé qu'elle les accompagnerait.

Là-dessus, le « Colonel » avait commencé à se détendre progressivement. Heureusement qu'Anna était la fille de Ruzena. Il avait pour elle des indulgences qu'il n'aurait jamais eues pour une autrc.

— Et maintenant, allons voir Tereza, avait-il conclu en se frottant les mains.

Au milieu de l'appartement désert, celui qui faisait « sas » entre le club et *l'annexe,* il s'était arrêté brusquement et il avait laissé tomber :

— Je me demande si je ne vais pas contacter la police moi-même.

Anna l'avait regardé, ahurie, en se demandant s'il n'était pas en train de devenir dingue.

— Réfléchis, avait-il dit. Frantisek Ouporova, je le connaissais. Comme la plupart des Tchèques exilés à Paris. C'est même moi qui lui ai trouvé un job à la radio. Alors qu'est-ce qui se passe ? Je découvre sa mort dans les journaux. Je trouve ça atroce, abominable. J'adorais Frantisek. Je suis indigné. Je gamberge et, après quelques hésitations, j'appelle les flics. Je me mets à leur disposition, quoi. A leur service. Je ne sais pas grand-chose parce que j'avais perdu de vue Frantisek. Depuis un certain temps et que je ne viens à Paris que rarement, mais si je peux aider la police dans ses recherches, j'en serais ravi. Dans la faible mesure de mes moyens, bien entendu... Ce qui me donne, au passage, l'occasion de savoir où ils en sont et même peut-être de contrôler en douceur l'évolution de l'enquête. Ça te va comme ça ?

Anna Brozek avait réfléchi un instant.

— Ça me va, avait-elle laissé tomber.

***

Et maintenant, il était debout au milieu de la chambre, nu en partant du bas, sa fameuse culotte de plastique rabattue sur les cuisses. Et il bafouillait des obscénités pendant que Tereza, toujours sanglotante, au bord de l'étouffement, l'avalait.

A un moment, elle le sentit sur le bord d'exploser. Alors elle fit comme il aimait. Comme elle savait qu'il aimait. C'est-à-dire qu'elle s'écrasa du visage contre la touffe de poils blancs de son pubis, bouche gluée à lui comme une ventouse. Il eut quelques soubresauts des reins accompagnés de rugissements et commença à se vider en elle à longs jets.

Cinq minutes après, il était reculotté. C'est-à-dire qu'il avait réenfilé sa bambinette et que, assis sur le lit, toujours sapé très élégant en haut, en smoking, il fumait une Dunhill que lui avait tendue Anna Brozek.

Il flatta les seins minuscules de Tereza.

— Retourne-toi, murmura-t-il.

Elle obéit.

— Quel cul ! Quel ravissant petit cul de Lolita de 13 ans, geignit-il d'une voix brusquement suraiguë. Jamais vu un aussi petit cul !

Il vira vers Anna.

— Va chercher « Sourire ».

« Sourire » c'était Bobby. Le Noir. On l'appelait comme ça depuis toujours parce qu'il était affligé d'une espèce de sourire perpétuel qui lui allait d'une oreille à l'autre. Avec les dents qu'il avait, ça dessinait une grande balafre blanche en demi-lune qui vous faisait froid partout. On n'avait pas envie de sentir ça dans son dos la nuit.

Tereza se redressa.

— Non ! Pas « Sourire » ! Pas ce soir.

Le « Colonel » laissa tomber un peu de cendre sur la moquette.

— Mais si, ce soir justement, émit-il tout doucement.

Il lui plaqua la main sur les fesses.

— Tu n'es pas encore assez large de là. Tu comprends ? Et « Sourire », il est parfaitement indiqué pour t'assouplir les muscles. Il a tout à fait le physique de l'emploi...

Il la releva à quatre pattes, une main passée sous son ventre. Elle était si menue, si légère, qu'il sentait qu'il aurait pu la soulever comme ça, en l'air, rien qu'avec un bras s'il avait voulu.

— Et puis c'est moi qui commande, ici, au cas où tu l'aurais oublié.

Quelques minutes après, Mme Brozek réapparaissait dans l'ombre de « Sourire ». Ombre était le mot juste. Avec ses cent quatre kilos et son mètre quatre-vingt-cinq, Bobby aurait fait de l'ombre à n'importe qui.

Gérard Nantois le regarda.

— Tu vas bien me la défoncer, dit-il calmement en montrant Tereza... A fond. Et longtemps. Je sais que tu peux le faire. On a tous besoin de se détendre les nerfs. Ça nous relaxera.

Bobby commença à défaire son pantalon. Le sourire toujours collé en demi-lune sur sa figure ronde et noire au nez écrasé. Quelqu'un, un jour, dans un bar, lui avait demandé si c'était congénital, ce sourire perpétuellement accroché sur sa figure comme un film sur la position « arrêt sur image ». L'interlocuteur trop curieux avait eu besoin, ensuite, d'énormément de points de suture dans la peau du crâne avant de regagner son domicile.

Il s'accota derrière Tereza. La fille était toujours à genoux, reins creusés, épaules effacées comme si elle s'apprêtait à recevoir un boulet de canon en plein dans la cible. Elle tremblait un peu. Elle essaya de réprimer ses frissonnements en s'enfonçant les ongles dans les paumes.

Des séances de relaxation comme ça, « Sourire » en raffolait. Il se rua en elle, lui perfora les reins comme s'il avait l'intention de la traverser et de lui ressortir par la bouche, et la défonça longuement, patiemment, le regard vide, les mains enfoncées très profond dans les fesses qu'il écartait au maximum, à la limite de déchirure des chairs.

Le « Colonel » regardait le spectacle en fumant tranquillement sa cigarette. Cette fille minuscule et ce Noir énorme, trois fois grand comme elle, et dont le membre devait faire en circonférence à peu près les dimensions d'un des bras de Tereza, c'était exactement ce qu'il lui fallait, comme image, pour gamberger. Il avait besoin de se concentrer, maintenant. A propos de ce qu'il allait dire à la police, demain matin, quand il téléphonerait. Un boulot délicat. Un travail de précision. Exactement comme de confectionner un dispositif d'amorçage pour un engin explosif télécommandé.

***

Au même instant, dans le bureau des Affaires Recommandées, la section en flèche de la Brigade Mondaine, Aimé Brichot venait de raccrocher le téléphone et commençait à se gratter le crâne parce que son meilleur, son unique ami, c'est-à-dire Boris Corentin, *of course,* était absolument introuvable.

Chez lui, il y avait le répondeur qui débitait systématiquement la même rengaine.

Répondeur aussi chez Ghislaine, qui d'ailleurs était en voyage pour quinze jours.

Rien de plus déprimant que de se faire répondre par une voix robotisée que votre correspondant n'est pas là. Surtout quand on a quelque chose d'urgent à lui dire, au correspondant en question.

Il faisait nuit, il était seul au bureau et une odeur de tabac froid flottait dans l'atmosphère. Brichot alla jusqu'à la fenêtre et regarda passer un bateau-mouche qui avançait lentement, tous phares allumés, sur une eau couleur huile de vidange.

« A toi de te débrouiller tout seul, mon petit vieux, pensa-t-il enfin. Il n'y a pas de raison que Boris te serve de Nounou toute ta vie. Il est pas là, tant pis pour lui, tu vas aller faire tout seul la fête au *Vltava !* »

CHAPITRE XIII

Poings dans les poches dézippées de son blouson de toile, Boris Corentin se détourna de la vue grandiose qu'on découvrait depuis l'extrême pointe de la Butte Montmartre, à la proue du Sacré-Cœur tout illuminé, au pied des marches du parvis. Ce moutonnement de toits de la capitale, par grandes vagues noires serrées piquées de multitudes de lumières. Lui aussi, il cherchait la réponse à une question et il n'arrivait pas à la trouver.

— Qu'est-ce que je fais ? s'interrogeait-il. Je choisi la solution de facilité, je me fais ouvrir la porte en tapant dedans et en gueulant, je fonce dans le tas, revolver au poing, et demain je me retrouve aussi sec devant l'IGS (1), je me fais traiter de bavure dans les journaux et on m'offre le choix entre les archives et la retraite anticipée...

Ou bien... Ou bien quoi ? Il n'y avait pas de seconde solution pour pénétrer au *Vltava*. Pas le restaurant du rez-de-chaussée. Ça, c'était à la portée du premier imbécile venu. Non. Dans le

(1) L'Inspection générale des services. La police des polices.

club privé du premier. Parce qu'il y avait un os. De taille. Et qu'il n'avait pas du tout prévu.

Le code de l'entrée, en bas, rue Norvins.

Pas question de débarquer en se faisant reconnaître comme policier. Non seulement il ne possédait aucune commission rogatoire, mais en plus, il n'avait pas le moindre commencement de preuve concernant l'établissement en question.

Rien que deux petits détails qui convergeaient sur le *Vltava* et qui avaient rendu brusquement très intéressant pour lui ce « club de rencontres » de la Butte Montmartre.

Le dépliant retrouvé par Amalia, la concierge de l'immeuble où habitait Frantisek Ouporova d'une part.

Et les confidences de Milan Klima, le garagiste, d'autre part.

C'était maigre. Suffisant pour qu'il ait énormément envie d'y jeter un coup d'œil. Pas assez pour justifier une descente en force ni un débarquement officiel.

Conclusion : il fallait s'y introduire, mais discrètement, comme un client normal.

Il avait prévu que, comme à l'entrée des neuf dixièmes des clubs de ce genre, il y aurait un videur à la porte, quelqu'un chargé de filtrer les entrées des clients. Avec un peu de chance, il réussirait à l'amadouer.

Seulement, c'était beaucoup plus difficile d'amadouer un clavier digital.

C'était ça, l'os qu'il n'avait pas prévu.

La faille dans son plan.

Le *Vltava* était peut-être l'antre de toutes les perditions mais on pouvait difficilement s'en rendre compte *de visu* étant donné que le système de filtrage n'avait rien de commun avec ce qu'il attendait. On ne pouvait y entrer qu'en connaissant le numéro de code. Même un truc du genre carte du Lyon's Club ne vous aurait pas permis de vous y introduire. Les codes digitaux sont absolument insensibles aux cartes du Lyon's Club.

Pour ruminer un peu sa déconvenue, il s'était mis à arpenter lentement les rues de la Butte Montmartre où les petits cafés d'autrefois ont été remplacés depuis longtemps par des fast foods, et où cinq cents barbouilleurs s'agglutinent sur la place du Tertre en prétendant être la vivante réincarnation de Picasso ou de Vlaminck. Comme on avait dépassé depuis longtemps 21 heures, il n'y avait plus de cars de touristes sur la Butte mais les touristes, cux, étaient là et bien là, exaspérés d'avoir grimpé les escaliers les plus raides de toute leur existence et avides de tout voir en un minimum de temps parce que leurs tours-operators leur avaient annoncé d'avance qu'ils ne disposaient que de trente-cinq minutes pour faire le tour du quartier. Ils auraient pu d'ailleurs le faire encore plus rapidement, étant donné qu'il n'y a, depuis belle lurette, plus rien d'autre à voir sur la Butte que des hordes de touristes, des friteries et les chevalets de cinq cents peintres-faussaires exposant des « œuvres » qui ont été fabriquées en série à Hong Kong ou au Japon.

Ayant fait un rapide bilan de la situation, et encore plus déprimé qu'avant son arrivée, Boris Corentin décida de rejoindre sa voiture, garée en bas des escaliers de la rue Foyatier, tout près de l'endroit où on prend les billets pour le funiculaire.

Il décida de faire un crochet, histoire de repasser devant l'immeuble de la rue Norvins, celui du *Vltava,* une grande bâtisse en briques de la fin du siècle dernier.

Un groupe se rapprochait de la porte du club. Trois hommes et trois femmes. Deux grandes rousses en robes légères très décolletées et une brune en robe longue noire. Derrière elles, les hommes fumaient le cigare en discutant à voix basse.

— Bonsoir, lança Corentin en prenant de la main son élan et en s'arrêtant net, les doigts à vingt centimètres du clavier digital encastré dans le cadre en briques de la porte.

Comme s'il avait été sur le point, en vieil habitué de l'endroit, de pianoter sur le clavier, mais qu'il stoppait son geste par politesse, pour laisser à l'une des jeunes femmes le plaisir de le faire elle-même.

— Bonsoir, répondirent les deux rousses.

— Bonsoir, firent en écho les trois types derrière elles.

L'une des filles rousses tapota le clavier. Boris entendit ses ongles longs et carminés qui claquaient sur les touches.

Puis il y eut le léger déclic métallique de la porte. Les trois femmes s'engouffrèrent dans le hall d'entrée.

Boris Corentin s'effaça devant leurs compagnons avec un grand sourire.

— Je vous en prie...

Deux des filles s'étaient retournées et regardaient attentivement Corentin. Elles le jaugeaient plutôt. Pour être juste, elles descendaient du visage, qu'elles avaient l'air de trouver pas mal du tout, à au-dessous de la ceinture où ça paraissait les intéresser encore davantage.

— Ça a l'air tranquille, ce soir, murmura un des hommes à Corentin.

— On va être entre nous, répondit Boris pour ne pas être en reste.

Il respira un bon coup tandis que la porte se rabattait dans son dos.

Il était dans la place.

*
**

Finalement c'était facile, pensa Boris Corentin. Il suffisait de faire exactement comme ces trois types grâce auxquels il était entré au *Vltava,* tout en ayant l'air de précéder leurs gestes et d'être parfaitement au courant des rituels de l'endroit.

Dans la salle du haut toute tendue de velours pourpre, il alla donc s'asseoir comme eux au bar, sur un tabouret, et commanda au barman une coupe de champagne. Comme d'habitude dans ces endroits-là, le barman en veste blanche et pantalon noir en remettait sur la dignité de l'allure et des manières. Boris entendit l'un des trois autres l'appeler Slim et il se dit qu'il n'y avait aucune raison de ne pas en faire autant.

— Merci, Slim, murmura-t-il au moment où le barman poussa la coupe de champagne vers lui, sur le comptoir en bois laqué du bar.

Le barman le regarda un instant, soulevant ses lourdes paupières. Il avait l'air d'une espèce de saurien très vieux, très fatigué et très blasé. Ses paupières retombèrent, indifférentes.

Les trois autres buvaient des whiskies. Chacun ses goûts

Boris Corentin pivota lentement sur son tabouret en essayant de ne pas avoir l'air de quelqu'un qui venait ici pour la première fois. Donc d'examiner les lieux tout en paraissant les connaître depuis mille ans.

Il dut s'interrompre pour satisfaire, comme les autres au rituel de la carte de crédit. Moins de cinq cents francs, consommation comprise. Ça restait dans les limites du possible. Même pour quelqu'un comme Ouporova. A condition, dans le cas de ce dernier, qu'il se soit résigné à manger des nouilles tous les autres jours du mois.

De la musique de slow venait par vagues douces planer sur le décor. Boris laissa son regard errer sur la salle. Une vingtaine d'hommes et de femmes assis sur les banquettes. Moyenne d'âge : entre 25 et 35 pour les filles, entre 35 et 55 pour les hommes. Pas mal de créatures jeunes et jolies. Une brune, au fond de la pièce, évoluait toute seule au rythme de la musique. Elle avait relevé son chemisier et libéré ses seins. Une autre — une des deux rousses de tout à l'heure — s'était carrément débarrassée de sa robe et venait se rasseoir, en petite culotte noire fendue sur le devant, près d'un gros homme chauve. Celui-ci enfonça sa main dans le trou de la culotte et la fille renversa nerveusement la nuque en arrière en moulant un « Oh ! » avec ses lèvres. Puis le gros homme se dégagea et se baissa en avant.

C'est alors seulement que, dans la pénombre, Boris Corentin aperçut les très étranges « tables » sur lesquelles les consommateurs posaient leurs verres.

Ni plus ni moins que des jeunes femmes agenouillées, croupes en l'air, têtes baissées. Silencieuses et immobiles. Exactement comme sur le dessin, à l'intérieur du dépliant du *Vltava*, pensa Boris.

L'homme chauve, près de la rousse, se pencha pour poser son verre sur le plateau qui lui-même était installé sur les reins et les fesses d'une des filles. Puis il se pencha encore davantage et, l'index en avant, s'introduisit profondément dans le sillon de la fille qui n'eut qu'un très léger tressaillement. Les glaçons tintèrent dans les verres posés sur ses reins.

L'homme se mit à aller et venir calmement, de l'index, tandis qu'il reprenait la conversation avec sa voisine.

Boris glissa lentement de son siège. A vue de nez, si on pouvait dire, le *Vltava* donnait dans le discret et le classique. Il y avait plusieurs pièces en enfilade, des chambres sans doute. Rien de bien extraordinaire. Il se mit à déambuler dans le couloir en essayant de recadrer Ouporova dans ce décor.

Près d'un grand chandelier en bronze, une fille brune qu'il reconnut comme faisant partie du groupe avec lequel il était entré au club, était appuyée des deux mains à un petit guéridon en marqueterie et se regardait dans la glace tandis que, derrière elle, un homme d'une quarantaine d'années, barbu, la possédait à grands coups de reins. Il avait relevé sa longue robe noire et faisait frémir ses larges fesses en les cognant à intervalles réguliers. Trois autres hommes examinaient attentivement le couple. L'un d'entre eux avait abaissé le zip de sa braguette et, tranquillement, manipulait son sexe à cinq centimètres du visage de la brune. A un moment, il posa sa main libre sur le cou de la fille et la força à tourner la tête vers lui. Elle le regarda assez longtemps, puis examina son sexe et finalement se décida. Elle se déplaça de quelques centimètres, obligeant son partenaire, par-derrière, à se déplacer également et, dans un grognement, avala le membre du nouveau venu.

Boris retenait son souffle. Les deux hommes s'étaient interrompus un instant pour essayer de mettre leurs rythmes à l'unisson. Le pénis de celui qu'elle suçait écartait terriblement les commissures des lèvres de la brune. On pouvait voir ses mâchoires saillir sous la peau mate tellement elle les écartait.

C'est elle qui sentit que ça ne marchait plus. Elle se bloqua autour des deux membres qui la forçaient, corps brusquement immobile. Puis ils repartirent tous les trois. Mais cette fois c'est elle qui déterminait le rythme en les resynchronisant. Elle allait et venait, avançait et reculait à grands coups de reins et de nuque. Tout le groupe oscillait comme une espèce de navire saisi par une tempête douce.

— Vous permettez ? murmura une voix derrière Boris.

Il s'effaça pour laisser passer la nouvelle venue devant lui. Une des deux filles rousses de tout à l'heure. Elle était encore habillée et sa jupe légère moulait une croupe impressionnante.

Elle eut un petit rire.

— J'étais sûre que c'était Antoinette ! émit-elle. Quelle exhibitionniste décidément !

Elle vira de la nuque vers Boris. Son chignon roux relevé dégageait d'adorables cheveux cuivrés qui frisottaient sur le cou.

— Vous savez comment elle appelle ce genre de soirées ? questionna-t-elle.

— Non, avoua Boris.

— Les « transports en commun » ! rit la rousse.

Elle soupira.

— Est-ce qu'on dirait, à la voir comme ça, qu'Antoinette est une mère de famille modèle qui s'occupe admirablement de ses enfants ?

Elle avait reculé imperceptiblement. Sa croupe effleurait l'endroit exact où le pantalon de Boris se tendait de façon légèrement concave.

Il laissa filer vers ses fesses une main baladeuse.

La brune, devant eux, continuait son va-etvient furieux, cognant de la bouche puis de la croupe contre ses deux butoirs virils à un rythme de plus en plus précipité.

— Venez, souffla la rousse en tournant imperceptiblement la tête.

Boris sentit que sa tension artérielle grimpait de façon alarmante. La jupe de la fille était tellement légère qu'il eut l'impression qu'elle s'envolait sous ses doigts. Dessous, elle portait des bas résille fixés à une jarretière noire. Pas de slip bien entendu. Elle se pencha légèrement en avant et poussa une sorte de soupir rauque quand Boris la pénétra. Lorsqu'il fut enfoncé en elle, il la saisit par les hanches et commença à aller et venir, doigts enfoncés dans toute cette chair ondoyante et généreuse.

Là-bas, les deux hommes grognaient en se déversant dans la bouche et le ventre de la brune.

La rousse se tortilla pour regarder Boris.

— Et vous ? questionna-t-elle.

Il sourit sans la lâcher.

— Moi je suis plus lent, fit-il modeste.

Elle se redressa un peu.

— Mon rêve, lâcha-t-elle.

Elle avait les yeux cernés et fiévreux brusquement.

— Venez, dit-elle, je connais un endroit où on sera plus confortablement installés.

CHAPITRE XIV

Elle lui avait expliqué le principe du « confessionnal », une minuscule pièce laquée rouge avec une paroi à claire-voie entièrement tapissée de croisillons en bois entre lesquels on pouvait très facilement glisser le regard. Par terre, un épais matelas de mousse recouvert d'une couverture de fourrure.

— Mais je suppose que tu connaissais déjà ? interrogea-t-elle.

— Bien sûr, mentit Corentin.

— Tu viens souvent ici ? demanda-t-elle. Je veux dire, je ne crois pas t'avoir déjà vu. Je me souviendrais de toi. On n'oublie pas un type qui ressemble à Alain Delon et qui a une queue pareille !

— Merci du compliment, murmura Boris.

Elle se colla à lui.

— Tout le plaisir est pour moi, souffla-t-elle.

— Et moi alors ? fit Boris.

— Oh, je sais, lâcha-t-elle. Tu vas me parler de mon cul. Je sais que j'ai un cul de jument, on me l'a déjà dit, tous les hommes adorent ça.

Ils plongèrent ensemble sur le lit.

— Et alors ? demanda-t-il. Il n'y a pas de honte !

Elle se renversa en arrière.

— Mange-moi, gémit-elle. Les seins. Croque-les ! Bouffe-les ! J'adore qu'on me croque les seins. S'il te plaît !

Cinq minutes après, elle l'obligea à s'allonger à son tour et s'installa à cheval sur lui, sa fourrure flamboyante bien écartée sur le minuscule bouton rose qui, à l'orée des lèvres, dardait son petit nez.

— C'est moi qui prends la direction des opérations, souffla-t-elle.

Elle s'abaissa lentement, très lentement sur lui et il se sentit s'enfoncer peu à peu dans des moiteurs infinies, interminables, comme si sa pénétration n'allait pas avoir de fin.

— Bordel, cria-t-elle, qu'est-ce que c'est bon !

Elle avait un nombril minuscule qui, au rythme de sa respiration, s'ouvrait et se fermait comme un sexe supplémentaire.

— Salut les voyeurs ! lança-t-elle, ironique.

Boris se hissa légèrement sur les coudes en direction de la cloison à claire-voie.

Et reçut en pleine figure une vision qui le tétanisa littéralement.

Il n'y avait pas *des* voyeurs. Il n'y en avait qu'un.

Il était petit, chauve, moustachu, et son visage rosissait par plaques progressives. On aurait dit que les lobes de ses oreilles étaient passés au Ripolin.

Et ses yeux, derrière des lunettes Amor de myope, étaient en train de dégringoler de ses orbites.

Parce qu'à travers les croisillons du « confessionnal », en cet homme allongé sous une grande fille rousse qui s'empalait sur lui, il venait de reconnaître l'inspecteur principal Corentin.

C'est-à-dire Boris, tout simplement, sa « flèche » et surtout son ami depuis plus de quinze ans.

— Qu'est-ce qu'il y a ? questionna la fille. On dirait que tu viens de voir un revenant.

Elle se tourna à nouveau vers les croisillons.

— Restez pas planté comme ça ! lâcha-t-elle en direction du chauve aux lunettes de myope.

Elle remua du bassin.

— Alors quoi ? Tu viens nous montrer ce que tu sais faire, oui ou merde ?

⁂

Au premier regard échangé entre Boris toujours allongé par terre et Brichot debout, l'un et l'autre se dirent suffisamment de choses pour accorder leurs violons. En gros, leur échange silencieux de vues se résumait à peu près à : on n'y peut rien, on est tous les deux coincés, pas question d'avoir l'air de se reconnaître, alors qu'est-ce que tu veux, on joue le jeu jusqu'au bout et on prend ça avec bonne humeur, c'est ce qu'on a de mieux à faire, après tout ça n'a pas que des mauvais côtés.

— Moi c'est Rita, fit la rousse à mille lieues de ce dialogue inaudible.

Elle se tourna vers Brichot.

— Et toi ?

— Max, bafouilla Aimé. Enfin, Maxime.

— Et toi ? reprit-elle en se penchant vers Boris.

— Armand, souffla Boris Corentin.

— Eh bien, Max, viens derrière moi. Tu veux bien ?

Brichot dut faire un effort sur lui-même pour la contourner. La rousse s'était penchée sur Boris pour lui offrir le panorama le plus accueillant possible. Il retint son souffle, regarda encore

Corentin avec l'air de dire « à la guerre comme à la guerre » et plongea.

La fille le sentit chercher son chemin dans ses reins et se creusa encore un peu plus. Il poussa et, d'une secousse des hanches, la pénétra complètement.

La rousse lâcha un petit cri puis, courbée en avant, fesses écartelées, se mit en devoir de synchroniser le trio...

***

Leurs coupes de champagne tintèrent. Boris Corentin et Aimé Brichot, revenus près du bar, s'étaient accoudés l'un en face de l'autre comme des habitués qui faisaient plus ample connaissance entre deux rounds.

— Tu veux bien m'expliquer ce que tu fais ici ? grinça Corentin entre ses dents.

Brichot lui répondit de la même manière.

— Et toi ? J'ai essayé de te joindre cinquante fois rue de Turbigo avant de partir en expédition.

— J'étais en train de chercher le moyen de m'introduire dans la place... Comment as-tu fait, toi ?

Brichot avala une gorgée de champagne. Là-bas un type, le nez dans le décolleté d'une grande blonde, entreprenait de saisir avec la bouche la pointe de ses seins.

— Moi ? reprit Brichot. Très simple. *Le Vltava* change de code régulièrement. Tous les mois, je crois. Et à chaque fois, les clients reçoivent sous pli confidentiel les chiffres de la nouvelle combinaison. Figure-toi que j'ai eu le plaisir, cet après-midi, de faire la connaissance de Mme Lesterfield-Blainville. Oui, la veuve du diplomate assassiné de la même façon que le Tchèque...

Tiens-toi bien : elle et son mari étaient des adeptes de ce genre de... virées un peu spéciales... Elle a gardé ces bonnes habitudes. Elle vient encore de temps en temps ici. Donc elle reçoit, chaque mois, l'enveloppe qui contient le nouveau code.

Boris siffla imperceptiblement.

— Tu t'es démerdé comme un chef, Mémé, apprécia-t-il.

Brichot haussa les épaules.

— On ne se refait pas, murmura-t-il modestement.

Le regard noir de Boris zooma à travers le petit salon. Sur l'une des banquettes, une fille à la peau très bronzée, une métisse aux cheveux ras comme de l'astrakan sur un crâne tout rond, s'activait des mains sur les sexes de deux hommes qui l'entouraient. Le gros type de tout à l'heure avait toujours son index fourré entre les fesses de celle qui était à quatre pattes et qui lui servait de « table ». Tous les deux ne bougeaient pas, pétrifiés, figés comme des espèces de mannequins d'une sorte de musée Grévin très porno.

— Qu'est-ce qu'on fait ? renifla Aimé Brichot.

— On s'imprègne de l'atmosphère, Mémé, répondit Boris Corentin. On regarde et on réfléchit.

Il toussota en cherchant le barman des yeux. Disparu. Il aurait pourtant bien aimé reprendre une coupe de champagne.

— Ce vieux Slim ! fit Boris. Où est-ce qu'il a bien pu aller se fourrer ?

Il revint vers Brichot.

— Tu ne trouves pas, Mémé, qu'il est beaucoup question du *Vltava* depuis le début de notre enquête sur la mort de Frantisek Ouporova ? C'est l'occasion ou jamais d'essayer de comprendre pourquoi on n'arrête pas de nous en parler, de ce club de partouzes, non ?

*
**

Au même moment, Anna Brozek hoquetait, assise devant un bureau intégralement en verre, au bout de l'appartement secret qui servait d'annexe très spéciale au club privé de la rue Norvins. Elle n'arrivait pas à retrouver sa respiration. On aurait dit qu'un collier d'acier invisible se refermait très progressivement sur son cou.

Elle se leva. Frémissante au milieu de la petite pièce tapissée d'acajou. C'était là qu'elle se réfugiait pour faire sa comptabilité personnelle, chaque nuit, celle dans laquelle les inquisiteurs du fisc n'avaient jamais été invités à mettre le nez.

— Tu es sûr ? siffla-t-elle enfin, reprenant souffle.

Slim, le barman, s'inclina imperceptiblement. Toujours aussi compassé. On aurait qu'on lui avait coulé pour l'éternité une sorte de film de cire invisible sur la figure, et qu'il portait à l'avance, en permanence, son futur masque mortuaire.

— Il me semble, madame, murmura-t-il.

Elle réfléchit. Comme chaque soir, Slim venait de lui apporter un paquet de récépissés signés par les client qui avaient payé avec des cartes de crédit. Ce qu'on appelle des « facturettes » en jargon bancaire. Comme chaque soir également, Mme Brozek avait examiné les noms portés sur les récépissés. Pour la plupart de vieilles connaissances. Des habitués.

Sauf deux.

Un certain Boris Corentin et un certain Aimé Brichot.

Ça lui avait tout de suite tiré l'œil et fait tilt dans ses oreilles.

Elle avait vu ces noms-là quelque part. Il n'y avait pas longtemps.

— Tu dis qu'ils parlent ensemble ? fit-elle en relevant la tête.

Nouvelle courbette de Slim.

— Ils sont en ce moment au bar. Mais peut-être viennent-ils seulement de faire connaissance, madame...

Les « facturettes » tremblaient entre les longs doigts de la patronne du *Vltava*.

— Tu vas me les montrer, décida-t-elle.

Comme dans toute maison qui se respecte, il y avait des œilletons un peu partout au *Vltava*. De minuscules lentilles grossissantes dissimulées dans chaque pièce, chaque chambre, derrière les moulures la plupart du temps, et qui permettaient de s'assurer rapidement que tout allait pour le mieux dans le meilleur des mondes possibles.

Anna Brozek se sentait inondée de sueur. Tout n'allait pas pour le mieux dans le petit paradis secret de la rue Norvins.

⁂

Dans la petite chambre rose, la main de Gérard Nantois alias le « Colonel » était fourrée presque jusqu'au poignet au fond des reins de Tereza, secouée de tremblements nerveux au milieu du lit. Bobby, le Noir au sexe en forme de matraque télescopique, n'avait pas arrêté de la sodomiser pendant une demi-heure. En plus de ses dimensions étonnantes, Bobby faisait partie de ces individus venus au monde pour flanquer des complexes à la majeure partie du sexe masculin, c'est-à-dire qu'il pouvait piocher une fille aussi longtemps qu'il le voulait sans perdre ses moyens.

— Mais tu es bien ouverte, maintenant ! glapit le « Colonel » ravi de sa découverte. Tu es très souple à présent. « Sourire » a fait du bon travail ! C'est parfait. Encore quelques séances comme ça et tu seras admirablement au point.

Il n'avait même pas entendu Anna Brozek entrer. Celle-ci agita les « facturettes » qui portaient les noms des deux as des Affaires Recommandées, la section reine de la Brigade Mondaine. Elle avait l'air au bord de la syncope.

— On a de la visite, laissa-t-elle tomber d'une voix blanche.

Le « Colonel » la regarda. Il avait beau être complètement parti dans son rêve, il comprit qu'Anna ne plaisantait pas.

Il se dégagea des reins de Tereza qui se laissa retomber, inerte, sur le lit.

— Je peux te parler ? questionna Anna.

Il effleura les fesses de Tereza.

— Elle a son compte, elle ne risque pas de nous écouter.

Anna Brozek tendit à Gérard Nantois les « facturettes ».

— Regarde les noms. Essaie de te concentrer. Ça ne te dit rien ?

Il les relut plusieurs fois puis secoua la tête.

— Ça t'arrive, de lire les journaux, depuis que tu es à la retraite ? siffla Anna.

— La Bourse, oui, avoua le « Colonel ».

Anna haussa les épaules.

— Eh bien si tu t'intéressais à autre chose qu'à la progression de l'once de métal fin, tu connaîtrais ces deux noms-là, fit-elle. Au moins le premier. Corentin. Boris Corentin.

Le « Colonel » eut un hochement de tête.

— Ça ne me dit rien, avoua-t-il.

— On a les flics au cul, gueula-t-elle. C'est ça que ça veut dire. Tout simplement. Tu comprends maintenant ?

Tereza avait beau se sentir exactement comme si on lui avait fait absorber en lavement des kilos de poivre rouge, elle perçut quand même, à travers une brume, les mots prononcés par Mme Brozek.

— Les flics ? murmura-t-elle en se hissant péniblement sur les coudes. La police ?

Elle était un peu hagarde. Toute blanche.

Elle, ce qui l'inquiétait surtout, c'était l'idée que ça risquait de les empêcher de partir en vacances. Elle n'arrêtait pas d'y penser. De compter les jours. Les heures maintenant. Elle voulait absolument rendre fous tous les mâles, dans ses maillots à hurler au viol, sur les plages de la Côte d'Azur. Ça faisait presque dix-neuf ans maintenant qu'elle savait qu'elle était née pour ça : rendre dingues les hommes, les déglinguer complètement, les mettre à genoux et les voir se liquéfier, partir en petits morceaux de désir baveux. Elle avait assez attendu. Elle ne voulait pas qu'on la vole de ses vacances ravageuses.

***

Ce qu'Anna Brozek avait à dire à Gérard Nantois, son associé, tenait en peu de phrases. Mais la quantité de mots qu'on prononce n'est pas toujours en rapport avec les effets qu'ils provoquent. Elle avait une excellente mémoire, Anna. Elle n'oubliait jamais un nom quand elle l'avait vu écrit. Elle n'oubliait jamais non plus un visage. Or ce nom-là, Boris Corentin, elle l'avait déjà lu dans des journaux. Des articles de quotidiens où on racontait comment ce flic d'élite venait de mettre hors d'état de nuire une bande de tordus et de faire en deux coups de cuillère à pot la lumière sur l'affaire la plus embrouillée et la plus vaseuse du siècle. Une fois, même, on avait publié sa photo. De trois quarts, en pleine action, pendant une prise d'otage. Un « fort Chabrol ». Le photographe était un petit malin qui l'avait mitraillé au téléobjectif depuis un immeuble voisin. D'ailleurs pour le physique, elle n'avait aucun mérite, Anna. Boris Corentin, inspecteur divisionnaire, avait une silhouette qui ne passait pas du tout inaperçue.

L'autre, le chauve à moustache avec un drôle de prénom, ça ne lui disait rien. Mais par l'œilleton, elle les avait vus en grande conversation près du bar. Et comme elle savait très bien additionner deux et deux, ça voulait dire que le plancher du *Vltava* devenait brûlant.

Pétrifié près du lit, le « Colonel » avalait tout ça comme si on lui avait servi un grand plat de couleuvres bien vivantes.

— Qu'est-ce qu'on fait ? Qu'est-ce qu'on fait ?

C'est tout ce qu'il savait dire.

Surtout qu'il sentait monter la crise. Comme d'habitude, ça commença par un léger tremblement au bout des doigts. Le majeur et l'index de la main droite. Puis ça grimpa, atteignit toute la main, envahit l'avant-bras, le bras, le visage. Le lit en était furieusement secoué. On aurait dit que Gérard Nantois s'était soudain assis sur une bétonneuse en pleine action. Ses yeux se convulsèrent, ses mâchoires se mirent à grincer l'une contre l'autre, un peu de mousse blanchâtre commença à déborder des commissures de ses lèvres.

Enfin, le visage peinturluré de violet, Gérard

Nantois s'abattit sur le lit. Tereza poussa un cri et sauta sur le sol.

— Qu'est-ce qu'il a ? cria-t-elle.

Mme Brozek était restée immobile. Très calme. Elle haussa les épaules. Elle avait déjà assisté à d'autres crises du même genre. Ça ne l'impressionnait pas. Elle avait d'autres chats à fouetter. « Epilepsie motrice, type Bravais-Jackson », ça s'appelle en termes scientifiques. En principe, le « colonel » prenait des médicaments pour ça tous les jours. Des hydantoïnes et des oxazolidines. Mais quelquefois, sous l'effet d'émotions trop fortes, les convulsions le prenaient et il n'y avait rien à faire qu'à attendre. D'ailleurs, Nantois commençait déjà à se calmer. Il avait encore des soubresauts mais beaucoup plus légers.

Elle tira un mouchoir de la poche de son pantalon et l'introduisit, roulé en boule, entre les dents du « Colonel » pour éviter qu'il ne se morde la langue. Puis elle se dirigea vers la porte.

— N'aie pas peur, murmura-t-elle à Tereza. Il va dormir pendant à peu près une demi-heure. Puis il se réveillera et ne se souviendra plus de rien.

Elle avait un problème beaucoup plus urgent à régler que les crises d'épilepsie de Nantois.

CHAPITRE XV

Il devait être environ 4 heures du matin lorsque, rue Montmartre, Bobby alias « Sourire » fracassa d'un coup de crosse les scellés sur la porte de ce qui avait été le logement de Frantisek Ouporova. Puis il rangea son Colt Diamond Back entre sa ceinture et son tee-shirt, et s'expliqua calmement avec la serrure de l'appartement. Du travail silencieux et rapide de professionnel. Derrière on entendait la respiration sifflante de Mme Brozek, sur le palier. Et derrière encore, le cliquetis caractéristique et exaspérant de la Swatch de Carpenter qui, à chaque claquement électronique de la trotteuse, avait l'air de hacher menu le temps qui s'écoulait.

Finalement la porte s'ouvrit dans un murmure feutré et « Sourire » s'effaça devant sa patronne sans cesser de sourire.

Dix minutes après, cinq ombres réapparaissaient rue Montmartre et grimpaient dans une Citroën BX Diesel pilotée par un immense Noir qui n'arrêtait pas de rigoler comme s'il venait de faire une bonne farce à quelqu'un.

***

Seule à nouveau dans son bureau, vers 5 heures du matin, Anna Brozek resta longtemps en méditation devant la photo qu'elle avait arrachée au mur, chez Frantisek Ouporova.

A part ça ils n'avaient rien trouvé dans le logement de l'ancien policier tchèque où le ménage semblait avoir été parfaitement fait par la police.

Mais la photo, en un sens, était une découverte sensationnelle. En tout cas pour elle.

Elle se concentra sur le cliché jauni. Avec l'impression qu'elle était en train de retrouver les clés de sa propre existence. Elle ne bougeait pas. Même ses boucles blondes n'avaient pas le moindre frémissement. Ce qu'elle tenait pourtant entre les mains, posé sur le verre transparent de son bureau, c'était la réponse à toutes les questions qu'elle n'avait pas arrêté de se poser pendant une quinzaine d'années.

Dans sa tête, elle sentait comme une espèce de galopade infernale. Un vent violent. Un poison fou grimpant dans ses veines, explosant par rafales d'éclairs rouges dans ses yeux. Elle revoyait tout. Elle revivait le souvenir enfoui, oublié, éternellement à vif. L'odeur des deux mâles sur elle. Quinze ans avant. Cette puanteur de sueur et de cigarettes. Cet affolement du sang ricochant entre ses tempes. La panique du viol et du rut. L'horreur. La sauvagerie. Le cauchemar.

Elle ferma les paupières. Elle les rouvrit. Les images se précisaient. Elle réentendait les ricanements. L'un de ces deux hommes la tenant, par-derrière, pendant que l'autre, debout contre elle, la possédait. Puis le type qui était derrière elle, la courbant vers le sol, l'écrasant, la massacrant, la déchirant. Lui fouillant le ventre comme s'il avait voulu faire exploser ses entrailles.

Il y avait quinze ans de ça.

Quinze ans qu'elle refoulait cette obsession tout au fond d'elle-même, comme on colmate une blessure avec les moyens du bord. Quinze ans que ça lui revenait en mémoire, la nuit, à travers des cauchemars qui la jetaient hors de son lit, hurlante, trempée de sueur. Quinze ans qu'elle les revoyait. Ils se rapprochaient. Ils avaient des imperméables verdâtres, des chapeaux mous, ils rigolaient. Ils lui parlaient en tchèque, bien sûr, ils lui disaient de ne pas s'en faire... Entre deux séances, ils retournaient dévaliser le réfrigérateur. Ils s'envoyaient des canettes de bière à travers la pièce. De la bière de Plsen bien entendu. A un moment, ils avaient fini par être complètement ivres, ils avaient décidé de corser un peu la séance, de lui enfoncer des canettes dans les deux orifices stratégiques de sa personne. Et puis ils l'avaient obligée à se dresser à quatre pattes et à remuer l'arrière-train en cadence. A danser en se trémoussant pour faire de la musique avec les canettes qui se heurtaient à chaque mouvement.

« Puisque tu aimes la musique, ça devrait te plaire ! » avait crié un des hommes. C'était à Prague, il y a quinze ans, une nuit d'été étouffante. Ils avaient mis un disque sur la platine, le seul qu'ils n'avaient pas brisé. Du rock. Les *Plastic people of universe*. Un truc considéré comme subversif en Tchécoslovaquie. C'est même sous ce prétexte qu'ils avaient débarqué chez elle, quelques heures auparavant. Ils avaient tout cassé. A chaque fois qu'ils se déplaçaient, leurs chaussures écrasaient du verre, sur le plancher. Ils pouvaient tout se permettre, ils avaient tous les droits. Ils appartenaient à la Sécurité d'Etat, la STB.

Elle plaqua ses mains sur la photo. Elle ne voulait plus les voir. Elle releva les mains. Ils étaient toujours là, hilares, heureux, complices, se tenant par le cou. Rigolant. Comme il y a 15 ans. A vrai dire, ils avaient débarqué à cinq. L'un d'entre eux portait une machine à écrire. Dans le studio d'Anna étaient réunis sept ou huit amis. Les interrogatoires avaient tout de suite commencé. Au bout d'une heure, trois des flics avaient embarqué les amis d'Anna. Inculpés de « perturbation à l'ordre public ». Elle-même était restée seule avec les deux hommes et l'enfer avait commencé...

Ces deux types, elle les avait maintenant sous les yeux, en photo. Et leurs noms étaient inscrits derrière : Frantisek Ouporova et Milan Klima.

Le premier était mort à présent depuis quelques jours. Il avait payé.

Restait le second.

Pendant des années et des années, Mme Brozek avait tenté de se souvenir de son visage. En vain. Ils avaient cassé toutes les ampoules, jeté à terre toutes les lampes. Sauf un minuscule projecteur, un spot qu'ils dirigeaient sur elle pendant qu'ils la violaient. Le visage de Frantisek s'était imprimé dans sa mémoire. Pas l'autre. Il s'était totalement effacé. Durant des centaines et des centaines de nuits blanches, elle avait essayé en vain de le reconstituer.

Et elle le tenait à présent, sous ses yeux. Non seulement son visage mais son nom aussi.

Milan Klima.

L'autre monstre.

Celui dont le visage s'était effacé dans sa mémoire.

Il n'y avait plus que ça qui comptait pour elle.

Elle avait complètement oublié sa découverte, tout à l'heure, de la présence des deux policiers français au club. C'était le dernier de ses soucis. La vengeance est un plat délicieux qui, comme chacun sait, est encore meilleur lorsqu'il est froid. Il doit, pour être vraiment apprécié, se déguster calmement, méthodiquement. Amoureusement. C'est aussi un feu qui brûle spontanément sans jamais s'épuiser.

Sa vie avait été brisée. Les cinq années de prison qui avaient suivi son procès n'avaient pas été aussi atroces que cette nuit qui avait décidé de l'orientation de toute son existence. D'ailleurs, elle avait bénéficié d'une réduction de peine. A l'origine, elle avait été condamnée à sept ans. Il y avait eu des pétitions, des pressions. Le VONS, Comité de défense des personnes injustement poursuivies, une association tchèque plus ou moins tolérée par le régime, avait réussi à obtenir des interventions de la Croix Rouge internationale et de la Ligue des Droits de l'homme. On avait parlé de son histoire, à l'époque, ainsi que de celle de ses amis arrêtés parce qu'ils écoutaient du rock, dans la presse occidentale. Bien entendu, durant son procès, Anna s'était gardée d'évoquer le viol dont elle avait été victime. Les deux flics de la STB seraient venus témoigner, auraient tout nié en bloc et auraient affirmé qu'elle avait cherché à s'échapper en les maltraitant. Elle aurait été à nouveau inculpée d'agression contre un agent de la force publique. Elle avait choisi de se taire. Pendant cinq ans, dans sa cellule, elle avait ruminé sa nuit d'horreur.

Puis elle avait émigré. Elle était repartie de zéro. Elle avait reconstruit sa vie.

Mais l'envie féroce de se venger ne s'était pas éteinte.

Pour cela, elle serait allée jusqu'au bout du monde.

Sa haine était à peu près tout ce qui restait de vivant en elle.

Anna Brozek se redressa. Sur la cheminée, au fond de la pièce, était posé un étrange bibelot. Le seul qu'elle avait pu emporter avec elle. Une reproduction modèle réduit de l'horloge ultra célèbre de la place de la Vieille-Ville, à Prague. Avec des statuettes animées. Un squelette qui fait tinter la cloche d'une main et retourne un sablier de l'autre; les apôtres qui défilent, sortant de leurs lucarnes; puis un coq qui chante. Et ainsi de suite.

Rapidement elle retourna le sablier que tenait le squelette dans sa main gauche. Il y eut un très léger bruit, un minuscule déclic, et un panneau jusque-là invisible glissa en se relevant, dégageant une ouverture rectangulaire au milieu de l'horloge.

Du bout des doigts, elle sortit de la cavité secrète un paquet de fiches. Concernant les habitués du *Vltava* ainsi que leurs adresses et les renseignements qu'elle avait pu glaner sur eux, éventuellement. Elle les tenait soigneusement à jour. Surtout depuis les deux tentatives de chantage successives dont elle avait failli être victime.

Les apprentis maîtres chanteurs, Joseph Lesterfield-Blainville et Léon Schönberg dormaient maintenant d'un éternel sommeil.

L'un et l'autre s'étaient vidés doucement de leur sang. Ils s'étaient vus mourir. Ils avaient eu tout le temps de regretter la très mauvaise idée d'essayer de faire chanter Anna Brozek.

Comme Ouporova, plus tard.

Comme Klima, très bientôt.

Elle venait enfin de la retrouver, la fiche de Milan Klima. Avec son adresse à Enghien.

Elle passa sa main sur son front en sueur.

Il était 5 heures et demie du matin et elle n'avait pas du tout sommeil.

Il fallait qu'elle se détende. Ce qu'elle avait à faire maintenant nécessitait le plus grand calme.

Elle quitta son bureau et, longeant le couloir de *l'annexe* jeta un coup d'œil dans chacune des chambres, grâce aux œilletons pratiqués dans les moulures des murs.

La chambre de Tereza était plongée dans une semi-obscurité. La fille blonde dormait à plat ventre. Le « Colonel », à côté d'elle, récupérait après sa crise de tout à l'heure. Toujours vêtu, en bas, de sa fameuse culotte en plastique.

Dans la chambre voisine, Bobby sommeillait, allongé sur le dos, et ça ne l'empêchait pas de continuer à sourire.

Carpenter, le second porte-flingue, assis devant une petite table dans la chambre à côté, nettoyait méthodiquement son Colt Python.

La pièce suivante était plus intéressante. Marie-Claude, une des « pensionnaires », s'y trouvait en compagnie d'un couple très chic. Roger de Martellet-Bichart, conseiller d'ambassade, et son épouse Yacinthe. L'homme était assis au bord du lit et comparait les deux femmes nues devant lui. Marie-Claude était mince, frêle, les côtes saillantes, et son ventre intégralement épilé était fendu très haut. Yacinthe, la femme du conseiller d'ambassade, était beaucoup plus enveloppée avec un buisson pubien exubérant qui bouclait en volutes très noires vers son nombril.

— Je vais vous faire épiler, chère amie, décida enfin Roger de Martellet-Bichart, ça vous ira beaucoup mieux au teint...

Puis il se tourna vers Marie-Claude.

— Maintenant, tu vas me prendre dans ta bouche.

Il regarda son épouse.

— Examinez bien ce qu'elle fait et prenez-en de la graine, ma chère, vous êtes lamentable pour les fellations, vous avez encore beaucoup de progrès à faire avant de devenir la vraie salope que je souhaite !

La jeune femme baissa les yeux, humiliée. Mais déjà il la retournait, montrant ses fesses à Marie-Claude.

— Si tu savais quel mal j'ai eu à lui faire accepter ça ! soupira-t-il.

« Ça » c'était un grand tatouage qui courait sur les deux hémisphères de la croupe très blanche de Yacinthe. Deux flèches qui se rejoignaient à l'intérieur du sillon partageant ses fesses à l'endroit où s'ouvrait le puits brun et froncé de ses reins. Au-dessus de chaque flèche, il y avait écrit en lettres rouges majuscules : « One way »...

Mme Brozek se détacha de l'œilleton, satisfaite.

— Tout va bien, pensa-t-elle. Tout va admirablement bien...

⁂

Rue de Turbigo, dans son lit, Boris Corentin se tournait et se retournait. Il avait beau faire, pas moyen de trouver le sommeil. Impossible. Déjà les premières colorations de l'aube commençaient à couler dans les interstices des rideaux de son studio.

Soudain, il sentit une main qui glissait vers son ventre et qui l'empoigna, ce qui le fit gonfler et durcir rapidement sous la caresse.

— Qu'est-ce qu'il y a ? demanda Rita, la

rousse partouzeuse du *Vltava* qui avait insisté pour terminer la nuit avec lui. Ça ne va pas ?

Elle se coula contre lui et il sentit, à hauteur de sa hanche, le contact de ses poils qui crissaient doucement.

— C'est ce que tu m'as dit tout à l'heure, murmura Boris. Excuse-moi, ça me fait gamberger, tu peux comprendre ? C'est mon métier, après tout, de gamberger...

Elle se renversa sur lui et il fut recouvert de sa chevelure lourde et parfumée, de ses seins puissants, de son ventre brûlant et de ses jambes longues qui se nouaient aux siennes.

— Une supposition qu'on baiserait encore un coup, murmura-t-elle. Ça t'empêcherait de continuer à gamberger, Boris ?

CHAPITRE XVI

L'inspecteur Aimé Brichot, qui avait de tout petits yeux, vu qu'il s'était couché à 5 heures passées et que tout le monde n'est pas, comme Boris Corentin, capable de récupérer d'une nuit blanche en piquant un roupillon d'à peine deux heures, suivit derrière ses lunettes de myope le manège du briquet de Corentin au-dessus du bureau Empire du chef de la Brigade Mondaine, le commissaire divisionnaire Charlie Badolini. Lorsque celui-ci eut tiré la première bouffée de sa Celtique maïs, il s'éclaircit la voix d'une quinte qui le ramona jusqu'au tréfonds des poumons. Puis :

— Cette fois, murmura-t-il, la situation devient intéressante. Elle est intéressante parce qu'elle se complique. Je dirais même qu'elle apparaît à première vue complètement opaque. J'adore...

Pas tant que nous, pensa Boris qui venait tout juste de récapituler pour le patron les différents éléments de l'enquête. Partie de la mort sanglante de Frantisek Ouparova, la piste était d'abord revenue en arrière pour repasser par deux autres cadavres plus anciens, celui de Schönberg et celui de Lesterfield-Blainville, elle avait fait un crochet par le garagiste d'Enghien le nommé Milan Klima, et chacun de ces détours les avait ramenés un peu plus près de ce qui semblait bien être le centre de tout, le cœur de la fourmilière : le club privé de la rue Norvins, le *Vltava* dirigé par une certaine Anna Brozek, également d'origine tchèque et exilée comme Klima et Ouporova.

Dès le début de la matinée, ils avaient bien entendu fait des recherches, aux archives, sur Anna Brozek. Sans succès. Depuis son arrivée en France, la jeune femme n'avait jamais fait parler d'elle.

Il y avait pourtant un lien, c'était maintenant sûr et certain, entre la patronne du *Vltava* et les trois hommes morts de la même façon. Mais lequel ?

— Gaffe, Corentin ! jeta soudain Badolini. Vous n'avez rien à reprocher jusqu'à présent à cette femme qui dirige le club en question. Pas de boulette de ce côté-là ! Souvenez-vous du *Cléo.* Je détesterais que la Brigade Mondaine se ramasse une baffe monumentale pour cause d'intrusion intempestive et injustifiée.

Boris se rencogna dans son fauteuil. L'affaire du *Cléopâtre* était parfaitement nette dans sa mémoire. Fermé en octobre 1983 après qu'un inspecteur et une inspectrice, se faisant passer pour des clients normaux, y aient passé une nuit sans commission rogatoire, le club avait rouvert un an et demi plus tard. Le patron, inculpé à l'origine de proxénétisme, avait vu annuler pour vice de forme la procédure le concernant. D'après Badolini, on allait en droite ligne au même genre de camouflet si on insistait avec le *Vltava*...

Boris décroisa les jambes.

— Il y a tout de même, murmura-t-il, la

déclaration de cette jeune femme dont je vous ai parlé. Rita. Une habituée... Nous avons passé la soirée ensemble et...

Badolini agita la main droite en déplaçant de gros nuages de fumée.

— Soyez charitable, Corentin. Epargnez-moi vos frasques. Je n'ai plus l'âge et rien que d'y penser c'est mauvais pour ma tension...

Boris sourit.

— Mes « frasques » comme vous dites, monsieur le divisionnaire, ne sont pas toujours inutiles. Cette Rita, sur l'oreiller, a tout de même reconnu Ouparova quand je lui ai montré la photo. Il venait paraît-il au *Vltava* assez régulièrement. Mais il participait très peu aux réjouissances collectives. Il préférait, semble-t-il, se... euh... distraire en cabinet particulier. Avec une très jeune fille, blonde, prénommée Tereza. D'après Rita, la Tereza en question n'est plus réapparue au club depuis la mort de Frantisek Ouporova.

Il toussota.

— J'ajoute que la nommée Tereza serait, elle aussi, d'origine tchèque... Et qu'avant qu'Ouporova ne passe de vie à trépas, elle était tous les soirs au club...

Il se tut un instant.

— Vous voyez ? Les « frasques » ont quelquefois du bon, patron ?

Aimé Brichot considérait fixement les pointes de ses Church cirées avec énergie avant de partir au boulot. Dès qu'il entendait le mot « frasques », c'était plus fort que lui, il revoyait sur écran géant le postérieur de Rita, la rousse si accueillante, offert en gros plan à ses assauts détournés, cette nuit, dans le « confessionnal »... Et il se demandait désespérément s'il existe des médicaments pour prévenir le rougissement. Un rougissement à sa manière. Progressif. Les joues et le front, puis les oreilles... Le coup de Ripolin d'une culpabilité carabinée...

Charlie Badolini se mit à pianoter sur le cuir fauve de son bureau.

— Eh bien, messieurs, attaqua-t-il. Quelles sont les prochaines étapes prévues ?

Le téléphone, à côté de lui, se mit à grésiller au moment où Boris ouvrait la bouche.

Il y eut plusieurs « oui, oui, non, oui »...

Puis le patron de la Brigade Mondaine raccrocha.

— C'était Rabert, fit-il. Pour vous. Je me suis permis de prendre le message. Un certain Gérard Nantois... Ce monsieur voulait vous parler. Il vient seulement, dit-il, de prendre connaissance de la mort de Frantisek Ouporova qui était un de ses amis. Il est horrifié. Il souhaiterait aider la police dans la mesure de ses moyens. Comme il est de passage à Paris pour la journée, il vous propose une rencontre dans l'après-midi. Rabert vous donnera l'adresse de son pied-à-terre...

— Nantois ? émit Corentin. C'est vrai, je l'avais oublié celui-là. C'est Milan Klima, le garagiste, qui m'en avait parlé...

Badolini se pencha au-dessus du bureau.

— Si vous me disiez, Corentin, ce que vous savez sur ce Gérard Nantois ?

***

Dans le bureau des Affaires Recommandées, l'inspecteur Rabert cavalait des dix doigts sur le clavier de sa machine à écrire électrique comme s'il avait été en train de composer *la Chevauchée des Walkyries.*

— L'adresse du client est sur ton bureau, lança-t-il à Boris sans lever le nez de son rapport.

Corentin se pencha. C'était une petite rue

quelque part dans le XIIIe arrondissement. L'avenue Sœur-Rosalie. Près des Gobelins. Juste à côté de la place d'Italie.

— Et toi ? fit-il en relevant la tête. Ton enquête, ça marche ?

L'affaire des violeurs d'enfants dans un grand hôpital parisien. Cette bande de types qui profitaient du sommeil post-opératoire pour administrer, la nuit, à des mômes de moins de dix ans des « soins » extrêmement particuliers et parfaitement répréhensibles...

— Ça y est ! triompha Rabert. Je tape le rapport, justement. On les a coffrés cette nuit. Tu sais ce qui les a perdus ?

— Non, murmura Corentin.

— Ces abrutis-là se sont amusés à prendre des photos. Des diapos. Et comme ils ne pouvaient pas les développer eux-mêmes, il les ont confiées à un labo qui, les trouvant tout de même assez bizarres, a fini par nous alerter...

Il se bloqua au-dessus des touches de la machine.

— Et vous ? questionna-t-il. L'histoire du Tchèque ? Ça marche ?

— Tout doucement, murmura Corentin. Vraiment tout doucement...

***

Brandissant un minuscule peigne à moustache en ivoire, Gérard Nantois se rapprocha de la glace de la salle de bains et entreprit de lisser les deux épais accroche-cœurs blancs qui rebiquaient entre son nez et sa bouche.

Puis il revint vers l'appartement. Un deux-pièces de célibataire qu'il louait quatre mille cinq cents francs par mois. Il y avait mis quelques meubles, une pile de livres de poche et une vieille télé en noir et blanc qui ne marchait plus depuis des siècles. Le tout ramené en camionnette, un an avant, de sa propriété des bords du Loir.

Il tourna quelques instants dans la pièce, attentif aux détails qui clochaient. Il fallait que le logement ait l'air habité. Il avait fumé quelques cigarettes pour remplir les cendriers de mégots. Il avait également ouvert le lit et froissé les draps. Pas question que ces policiers s'aperçoivent que l'appartement n'était jamais habité... Pour fignoler la mise en scène, il s'empara d'un livre de poche, un polar, et en corna une page au hasard. Puis il le posa sur une table basse, auprès d'un verre à whisky à moitié plein.

Il regarda sa montre. Plus qu'un quart d'heure à attendre.

Il allait falloir jouer serré.

CHAPITRE XVII

Le rire de Nantois roula longuement dans le petit appartement où il n'y avait pas assez de meubles pour empêcher un léger effet d'écho. Par les fenêtres ouvertes, on percevait le grondement du carrousel des voitures sur la place d'Italie.

Gérard Nantois se leva.

— Qu'est-ce que vous voulez que je réponde à ça, inspecteur ? s'écria-t-il. Nous sommes des hommes, tous les trois, non ? Il y a des moments où la nature parle plus fort que la raison, n'est-ce pas ?

Il fit bouger les articulations de ses genoux qui craquèrent un peu.

— Eh bien, murmura-t-il, ce pauvre Ouporova, qui au surplus était célibataire, il avait des besoins, comme tout le monde. Il fallait de temps en temps qu'il se vide les... enfin vous voyez ce que je veux dire ?

Boris toussota.

— Je crois, oui.

— Alors, au *Vltava* ou ailleurs, n'est-ce pas...

Il eut un grand geste.

— Qu'importe le flaçon pourvu qu'on ait l'ivresse, hein ?

Brichot se frotta la moustache.

— Justement non, murmura-t-il. Il semble bien qu'Ouporova avait des préférences. Et pour une compatriote à lui, nous a-t-on dit... Une certaine...

— Tereza, s'empressa de compléter Boris.

Il fouilla de ses yeux noirs le regard très bleu de l'ancien journaliste.

— Ça ne vous dit rien ?

L'autre le fixa, prunelles arrondies.

— Rien du tout, Monsieur l'inspecteur. D'ailleurs, comme je vous l'ai déjà dit, je ne suis allé qu'une seule fois au *Vltava*...

Il rit.

— A mon âge, vous savez, on ménage ses forces...

Il se redressa.

— Mais qu'y aurait-il d'étonnant à ce qu'Ouporova, qui était tchèque, ait eu des préférences pour une jeune femme qui était sa compatriote ? Moi, ça ne me surprend pas du tout. La nostalgie, le mal du pays...

Il eut l'air de réfléchir. Boris l'étudiait, assis dans un vieux fauteuil de velours pourpre très élimé. Depuis un quart d'heure qu'ils étaient chez lui, avenue Sœur-Eulalie, Corentin ne parvenait pas à se débarrasser d'un étrange sentiment de malaise.

D'abord et avant tout parce que ce bonhomme à la carrure et au teint d'officier de l'armée des Indes les avait fait venir chez lui alors qu'il n'avait strictement rien à leur révéler. Ce qui s'appelle rien. La question était donc : *pourquoi* les avait-il contactés ? Pourquoi s'était-il senti obligé d'entrer en rapport avec les policiers chargés de l'enquête sur Frantisek Ouporova ? Un exilé dont il venait justement de leur dire qu'il l'avait finalement très peu vu, entre son arrivée à Paris, trois ans avant, et sa mort subite...

Gérard Nantois s'éclaircit la gorge en toussotant.

— Je viens de moins en moins fréquemment à Paris, murmura-t-il. Mais j'ai encore certains contacts dans quelques salles de rédaction. De vieux amis dans la presse... Je leur ai parlé de la disparition de Frantisek. Eh bien, croyez-moi, à leur avis il ne s'agit nullement d'une histoire de cul. Sauf votre respect, bien entendu...

Boris haussa les sourcils.

— Voulez-vous être plus précis, s'il vous plaît ?

— Difficile, murmura Nantois. Je ne sais rien de plus. Je ne fais que répercuter les bruits qui courent dans les milieux de la presse parisienne... Mais enfin... D'après certains anciens collègues d'habitude bien informés, Frantisek aurait eu... comment dire... des activités parallèles... Politiques... le milieu des émigrés de l'Europe de l'Est est complètement infiltré par les agents soviétiques, vous savez... La moitié des réfugiés de derrière le Rideau de Fer deviennent, pour des raisons diverses qui vont du chantage au patriotisme, des espions travaillant pour leur pays d'origine...

— Vous exagérez peut-être un peu ? murmura Boris.

Gérard Nantois eut un sourire pâle.

— En tant qu'ancien journaliste spécialisé dans les affaires de l'Europe de l'Est, j'ai pu me faire des idées assez précises sur la question, vous savez. J'ai été moi-même soumis à de nombreuses pressions à cause de mon passé politique. Il faut beaucoup de courage pour résister à des offres parfois très... vraiment très intéressantes...

Il regarda Corentin.

— Vous êtes trop jeune, inspecteur, pour savoir ce qu'a pu représenter, pour des hommes de ma génération, le communisme...

Il eut un ricanement amer.

— L'Espoir avec une majuscule. Le « soleil qui se lève à l'Est »... L'Avenir. C'était avant, bien avant qu'on ne parle des goulags, bien sûr...

Il eut un soupir.

— Tout a commencé au moment de la guerre d'Espagne. J'étais très jeune. Je me suis engagé dans les Brigades Internationales. Du côté des Républicains. Par la suite, les staliniens de stricte obédience devaient nous traiter de trotskistes. A l'époque c'était un crime d'être trotskiste, si on tombait entre leurs pattes...

Il toussota.

— C'est ce qui m'est arrivé plus tard. En 1948. J'étais en reportage en Tchécoslovaquie... C'était en février. Il y avait des rumeurs de coup d'Etat. Les communistes organisaient des manifestations monstres en vue de prendre le pouvoir... Je me croyais protégé par ma nationalité française. J'ai prolongé mon séjour par curiosité professionnelle. Chaque matin, les rues se couvraient de cortèges hurlants, de banderoles et de drapeaux rouges. D'un balcon, Gottwald, le chef du Parti, futur président de la République, hurlait des menaces contre le gouvernement légal... J'avais fait la connaissance d'une jeune femme, Ruzena... Le malheur voulait qu'elle appartienne à une famille d'opposants notoires au communisme. Dès que les purges allaient commencer, elle serait jetée en prison...

L'arthrite fit claquer ses articulations.

— Par étourderie, j'avais emporté avec moi le passeport de ma sœur. Celle-ci était blonde comme Ruzena. A la rigueur, à condition de ne pas trop s'attarder, Ruzena pouvait assez facilement passer pour ma sœur... Nous avons décidé de tenter notre chance... A l'aéroport, tout s'est passé sans problème. Nous sommes montés dans l'avion... Il ne restait plus que quelques minutes avant le décollage...

Il avala sa salive.

— La suite vous l'imaginez, je suppose... Le haut-parleur qui lance brusquement nos noms... Deux miliciens qui surgissent dans la cabine... Qui nous emmènent... Comme je tente de résister je reçois un coup de poing... Je m'écroule... Lorsque je me réveille, je suis dans une cellule minuscule avec les menottes aux mains et Ruzena a disparu. On me conduit devant un homme qui m'interroge. On m'annonce que je suis un espion, un membre de la « Cinquième Colonne » infiltré en Tchécoslovaquie pour tenter d'y faire échouer la Révolution. Je suis inculpé, condamné...

Il releva la tête.

— Je suis resté cinq années en prison. Bien entendu, je n'ai plus jamais eu de nouvelles de Ruzena. C'est plus tard seulement que j'ai appris qu'elle était morte durant sa détention.

Il fronça les sourcils.

— Voilà, termina-t-il, vous savez tout. A commencer par la raison pour laquelle j'ai gardé un profond attachement pour les Tchécoslovaques... Pourquoi je m'occupe d'eux, dans la mesure de mes moyens, quand ils arrivent en France... Il y a des expériences qui ne s'oublient jamais...

Boris Corentin se passa lentement la main dans les cheveux.

— Je comprends, émit-il.

Aimé Brichot se tourna vers Nantois.

— Ça ne nous explique quand même pas

pourquoi vous avez l'air persuadé que la mort d'Ouporova est un règlement de comptes entre espions ou agents doubles...

L'ex-journaliste sourit.

— Je ne l'affirme pas, murmura-t-il. Ça me paraît simplement plausible. Frantisek a été longtemps fonctionnaire de la Sécurité d'Etat. C'était un excellent élément. Très bien noté par ses supérieurs.

Il plongea ses yeux dans ceux de Brichot.

— Le régime ne lâche pas si facilement ses proies, vous savez ?

Corentin tiqua.

— C'est tout de même une mort un peu insolite pour un espion, vous ne trouvez pas ?

L'autre eut un geste vague.

— Justement. Une façon comme une autre d'essayer de détourner les soupçons...

Boris soupira.

— Eh bien, nous n'allons pas vous déranger plus longtemps, fit-il en se levant.

Il regarda Nantois.

— S'il vous revient une idée, un détail, je vous serais reconnaissant de nous prévenir, n'est-ce pas ?

Le journaliste à la retraite s'inclina.

— Je n'y manquerai pas, fit-il.

— Excusez-moi, intervint Brichot.

Il se pencha vers Nantois.

— Pourriez-vous m'indiquer les toilettes ? demanda-t-il d'une voix au bord de l'extinction.

Nantois sourit.

— Bien sûr ! C'est sur la gauche, tout au fond. L'ennui de cet appartement, voyez-vous, c'est qu'il faut passer par la cuisine pour atteindre les WC...

Trois minutes après, Brichot réapparaissait tout requinqué. Débarrassé des deux bières qu'il avait avalées dans un bistrot, avec Boris, avant de monter chez Gérard Nantois.

*
**

Au coin de la rue Abel-Houvelacque et de l'avenue des Gobelins, Aimé Brichot posa sa main sur le bras de Corentin.

— Boris, murmura-t-il, tu m'arrêtes si je déraille mais qu'est-ce que tu penses d'un appartement où il n'y a pas de frigidaire, au jour d'aujourd'hui ?

Corentin haussa les épaules.

— Je pense que son propriétaire ou son locataire n'est pas très porté sur les glaçons dans son whisky.

— Et si, en plus, il n'y a ni couverts, ni assiettes, ni rien de ce genre dans le placard de la cuisine ?

Boris éclata de rire.

— Qu'est-ce que tu veux que je te réponde, Mémé ? C'est quoi, ton jeu ? Explique-moi au moins les règles...

Brichot se mordit la moustache.

— C'est pas un jeu, murmura-t-il, c'est une constatation.

Il regarda sa flèche.

— Nantois nous a reçus dans un appartement où il n'a jamais habité, c'est moi qui te le dis... Même dans un logement de célibataire, il y a le minimum pour vivre. Pour manger. Trois ou quatre couteaux et fourchettes. Et un réfrigérateur pour garder au frais une bouteille de lait ou des yaourts... Même s'il s'agit d'un pied-à-terre qu'on n'occupe qu'une fois par an... Qu'est-ce que tu dis de ça ?

Boris réfléchit.

— Je dis, Mémé, lança-t-il, que Nantois nous a

menés en bateau pour une raison que j'ignore et que je n'aime pas ça.

Brichot renifla.

— Qu'est-ce qu'on fait, alors ?

— On retourne le voir, décida Corentin. Et on improvise. On lui dit qu'on a oublié de lui poser certaines questions. Et on essaye de comprendre au passage pourquoi il a voulu nous rouler dans la farine...

***

Quand ils revinrent avenue Sœur-Rosalie, la silhouette de Nantois était en train de s'éloigner. Direction place d'Italie.

A la station de taxis, Nantois s'engouffra à l'arrière d'une grosse Mercedes bleue. Boris et Aimé attendirent qu'elle se soit éloignée, amorçant un virage à droite dans le boulevard Auguste-Blanqui, pour se précipiter dans la voiture suivante.

— Suivez ce taxi, lança Brichot au chauffeur.

Celui-ci se retourna. Il avait des tas de points noirs sur le nez et l'air tout ce qu'il y avait de moins coopérant.

— Minute, siffla-t-il, on se calme. On n'est pas dans un polar américain, on est dans un taxi français, faut pas rêver. Compris, pépère ?

La plaque de police de Brichot jaillit sous le nez constellé de points noirs du chauffeur.

— Et ça ? jeta Aimé. C'est peut-être pas américain mais ça fait très polar quand même. Qu'est-ce que tu en penses, pépère ?

L'autre grogna en enclenchant la première.

— Nom de Dieu, fit-il pour lui-même. Une course poursuite ! Comme au cinéma ! En pleine canicule, c'est vraiment pas raisonnable...

*
**

Au fond de son taxi, Gérard Nantois avala une double ration de comprimés contre ses crises d'épilepsie. Il sentait que ça venait. Les petits tremblements qu'il connaissait bien commençaient à l'extrémité de ses doigts. Si les comprimés ne faisaient pas leur effet très vite, il allait s'affaler sur la banquette, la bave aux lèvres, le visage abominablement tordu par une crispation insoutenable.

— L'idiote ! gémit-il en pensant à Anna. L'idiote !

C'est elle qui avait tout pourri avec son coup de folie de l'autre jour, l'assassinat de Frantisek. Si encore elle avait utilisé une autre méthode que celle dont ils avaient déjà usé, tous les deux, pour liquider Schönberg puis Lesterfield-Blainville parce que ceux-ci avaient eu la très mauvaise idée de les faire chanter... Mais non ! Elle avait ressorti le redoutable *congaï,* l'anneau d'ivoire équipé d'une lame de rasoir, et elle avait fait refroidir Frantisek par Tereza, comme jadis Lesterfield-Blainville et Schönberg par une autre « pensionnaire » du club : Olga. Seulement Olga, ils l'avaient liquidée elle aussi par la suite et ça n'avait fait aucune vague. Tout leur plan, à l'époque, s'était admirablement accompli. Point par point. La police n'avait même pas songé à les interroger. Ça avait été son chef-d'œuvre, à Nantois, cette double exécution réalisée sans bavures. Puis l'effacement de la tueuse elle-même. Olga. La petite exilée à qui ils avaient confié cette horrible mission.

Cette fois-ci, c'était Anna qui avait pris la direction des opérations. Et tout foirait. Les flics cerclaient autour d'eux en se rapprochant peu à peu comme des requins autour de leur proie.

Dans quelques jours, quelques heures peut-être, tout s'écroulerait. C'en serait fini des revenus juteux du club, comme de ceux du restaurant. Fini l'argent qui dégringolait à flots dans leurs caisses parce que des filles, chaque nuit, dans les pièces douillettes et confortables du *Vltava*, s'offraient, s'ouvraient, gémissaient et se tordaient entre les bras de leurs clients émoustillés. Fini le beau rêve ! Finie la retraite dorée qu'il prévoyait, un de ces jours, quand il aurait amassé une fortune assez confortable pour aller se dorer au soleil de l'autre côté du monde, en Californie ou en Floride. Et tout ça parce que cette idiote d'Anna avait perdu la tête. Parce qu'elle avait voulu assouvir une vengeance vieille de quinze ans. Ce viol qu'elle n'avait jamais oublié. Elle allait payer maintenant. Il fallait la faire payer.

Il sortit un Kleenex et s'épongea le front. Il ruisselait, ça dégoulinait dans sa chemise, collait à sa poitrine et jusque dans la culotte en plastique qu'il portait comme d'habitude sous son pantalon.

— Pauvre idiote, grinça-t-il. Tu ne vas pas l'emporter au paradis !

Il avait été trop indulgent avec elle. Beaucoup trop. Parce qu'elle ressemblait à Ruzena, la disparue des années de purges, dans les convulsions révolutionnaires de la Tchécoslovaquie d'après-guerre. Parce qu'elle avait les mêmes yeux, le même visage, presque la même voix, il lui avait passé des tas de caprices. Seulement à présent elle était allée trop loin. Elle avait dépassé le point de non-retour. Il fallait rattraper le coup en catastrophe. Commencer par la mettre hors d'état de nuire. Hors d'état de recommencer à tuer, surtout.

Parce qu'il le savait, elle n'en avait pas terminé avec ses règlements de comptes. Après Frantisek, il y aurait l'autre. Son second violeur.

Dont Gérard Nantois connaissait l'identité depuis des éternités, bien sûr, et qu'il s'était bien gardé de dévoiler à sa complice...

Klima. Milan Klima, le garagiste d'Enghien. Frantisek avait une confiance totale dans le « Colonel ». Un soir de vague à l'âme, il avait évoqué ses équipées d'autrefois, à Prague, quand il était encore un fonctionnaire de la STB, la redoutable Sécurité d'Etat, et qu'avec Klima, son collègue le plus proche et son meilleur ami, il lui arrivait d' « abuser » commc on dit de certaines filles jeunes et jolies qui leur tombaient entre les pattes. En toute impunité. Elles pouvaient se plaindre, dévoiler à leur procès les moindres détails des violences qu'elles avaient subies lors de leur arrestation, c'était toujours eux, les flics du régime, qu'on croyait. Que pesait le témoignage d'une prisonnière inculpée d'espionnage, ou d'atteinte à la Sécurité de l'Etat, à côté de leur parole ?

Il savait tout cela depuis longtemps, Gérard Nantois. Il s'était bien gardé d'en parler à Anna. Le passé est le passé. Lui, cc qui l'intéressait c'était les revenus du *Vltava*. Et la perspective de foutre le camp de France, un de ces jours, quand son compte numéro de Genève serait confortablement garni.

Le taxi était arrivé rue Norvins. Nantois jeta un coup d'œil vers le compteur aux chiffres lumineux. 61,80 F. Il brandit un billet de 100.

— Gardez tout ! fit-il en se précipitant audehors.

Un taxi ralentissait derrière celui qu'il venait de quitter mais il n'y fit pas attention. Dans ses calculs, il avait quelques heures d'avance sur ces flics trop malins à qui il avait chaudement recommandé d'aller perdre leur temps à étudier l'hypothèse d'un règlement de comptes entre espions.

Tout était encore jouable.

***

Brichot et Corentin jaillirent en même temps par les portières arrière de leur taxi.

— Qu'est-ce qu'on fait ? jeta Aimé en remontant ses lunettes Amor tombées à mi-course de son nez.

— Minute, souffla Boris. Je cogite.

— Ça ne t'ennuierait pas de cogiter à haute voix pour que j'en profite aussi ?

— OK, fit Corentin. Alors de deux choses l'une, ou on reste en planque devant le boxon de Mme Brozek, ou on joue le tout pour le tout et on fonce !

Brichot siffla.

— Sans commission rogatoire ? Comme ça ? Le nez au vent ?

— Ecoute, reprit Corentin. C'est toi le premier qui a constaté que Gérard Nantois n'était pas net. Impression qui vient de se confirmer au-delà de nos espérances. A peine nous a-t-il quittés qu'il fonce au *Vltava*. Conclusion...

— Conclusion, il est dans le coup. Dans quel coup, on n'en sait rien, mais dans le coup...

— Bien, fit Corentin. Alors le meilleur moyen pour le savoir c'est de le lui demander en direct, non ?

Brichot se caressa la calvitie.

— Je me permets de te répéter ce que je viens de te dire : on n'a même pas en poche la bonne vieille commission rogatoire des familles. Ça va faire rire dans les chaumières. Là-haut, Nantois va nous dire qu'il a bien le droit de venir se vider les c... si ça lui chante, et que c'est même nous qui lui en avons donné l'idée, tout à l'heure, en lui parlant du *Vltava*. Tu vois le tableau d'ici ?

Boris ouvrit les bras.

— Et alors, Mémé, on est des habitués du club, nous aussi. On a le numéro de code, pourquoi on ne l'utiliserait pas ? Souviens-toi de la nuit dernière...

Brichot eut un début de rougeur du côté des oreilles.

— OK, fit-il enfin, fataliste. Si on saute, on saute tous les deux, c'est déjà ça.

— Arrête de cafarder, Mémé, rit Corentin. Qui ne risque rien, n'a rien. Souviens-toi.

***

En tout cas, pour le moment, ce n'était pas leur jour de chance. A peine se furent-ils engouffrés dans l'escalier menant au club de rencontres du premier étage que, deux numéros plus bas dans la rue, Gérard Nantois ressortait par un autre porche d'immeuble, accompagné de Bobby et Carpenter arrachés au sommeil dix minutes auparavant, dès que le « Colonel » avait compris l'étendue du désastre.

Anna Brozek avait filé une heure avant au volant de sa Citroën BX, et ce n'était pas très difficile pour Nantois de deviner la direction qu'elle avait prise.

L'ennui, c'est qu'à présent ils n'avaient plus de bagnole à leur disposition.

— Bougez pas, patron, fit Carpenter en se rapprochant. On va trouver une tire vite fait, c'est pas ça qui manque dans les environs. Bobby et moi, c'est notre spécialité.

Ils s'éloignèrent, un peu gênés dans la démarche par les Colts Diamondback qui gonflaient leurs vestes, à hauteur de la ceinture.

— Confortable, si possible ! glapit Nantois.

Il n'avait pas du tout envie de rouler jusqu'à Enghien dans un tape-cul.

CHAPITRE XVIII

Anna Brozek rejeta sa chevelure en arrière en se disant qu'après-demain tout serait fini. Elle serait allongée sur un transat, dans le jardin de sa villa de Roquebrune-Cap-Martin et contemplerait l'immensité bleue de la mer, entre les explosions de lauriers-roses, dans des bouffées de lavande et le crissement perpétuel des cigales. Une nouvelle vie allait commencer. Dans une heure au plus, quinze ans de cauchemar seraient effacés.

— Alors ? Ça vient ? murmura-t-elle lentement.

Elle se sentait lasse tout à coup. Fatiguée. Comme au bout d'une route interminable. Quinze ans de sa vie s'étaient passés à ruminer la mort des deux hommes qui l'avaient violée, dans sa ville natale, alors qu'elle avait à peine vingt ans. Le hasard, la destinée, la chance les lui avaient livrés l'un après l'autre. Elle était au terme de son combat. Elle allait enfin avoir la paix. En même temps que le soulagement, c'était comme un grand vide qui se creusait en elle.

— Alors ? grinça-t-elle encore. Tu te décides à l'envoyer, ton petit boniment ?

La main de Milan Klima tremblait au-dessus

du téléphone et les gouttes de sueur qui ruisselaient de son crâne n'avaient aucun mal à trouver le chemin de la profonde balafre qui, après tant d'années, avait laissé une trace blanche en travers de son visage.

— Qu'est-ce qu'on fera, après ? demanda-t-il en essayant de réprimer les frémissements de sa voix.

— Ne t'inquiète pas, lança Anna Brozek. Dans une heure à peine toute cette affaire sera réglée.

Il regarda le canon du petit revolver qui avait l'air de l'examiner fixement comme un œil de cyclope sadique. Un Llama calibre 38 Spécial. Une arme espagnole de très bonne facture. Recommandée pour le tir occasionnel surtout quand la tireuse est une femme, pour la bonne raison qu'avec son faible recul elle ne risque pas de vous arracher le bras. Pas un grand revolver, mais tout de même très suffisamment performant pour faire un joli trou dans sa poitrine s'il prenait à la jeune femme l'envie de presser la détente.

— Je peux fumer ? interrogea-t-il.

— Non, siffla-t-elle. Laisse tes mains en évidence.

Il n'y avait pas eu besoin de présentations, dix minutes auparavant, quand elle avait débarqué dans le garage. Elle avait grimpé immédiatement l'escalier métallique menant au bureau en mezzanine du patron, au-dessus de l'atelier de mécanique, et elle avait sorti son revolver.

Maintenant, elle était assise en face de lui, dans une robe de mousseline en soie gris-bleu et débardeur de soie bleu foncé et elle avait l'air d'une cliente très chic en train d'expliquer au garagiste qu'elle avait l'intention de se débarrasser de sa BX mais qu'elle n'était pas encore fixée sur le modèle qu'elle allait choisir pour la remplacer.

Vu d'en bas tout était normal. La baie n'était vitrée que jusqu'à mi-hauteur et le panneau plein, au-dessous, masquait la main droite d'Anna qui tenait son Llama calibre 38 dans la direction de l'ancien policier de Prague.

— Ça vient ? répéta-t-elle.

Il se décida à faire ce qu'elle lui avait ordonné. Le coup de fil à Armande, sa secrétaire, pour la prévenir qu'il s'absentait et qu'elle ne s'inquiète pas.

Il regarda Anna.

— Je serai rentré dans une heure, ajouta-t-il d'une voix étranglée.

Anna Brozek approuva de la tête.

— Très bien, murmura-t-elle quand il eut raccroché. On y va.

— Où ? questionna Milan Klima.

— Prendre l'air. Ça te fera du bien.

Elle regarda le garagiste en se demandant comment elle avait pu ne pas le reconnaître quand il était venu au *Vltava*.

— Tu vois ce pistolet ? reprit-elle. On va traverser le garage. Si tu fais le moindre geste, je te colle une balle dans le dos. Ce serait bête de mourir par une si belle journée, non ?

***

Au premier étage du club privé de la rue Norvins, Boris Corentin se mit à tourner comme un fauve en cage. Ils avaient visité toutes les pièces de la boîte à partouzes de Mme Brozek. En vain. Ils avaient fouillé les placards, sondé les murs. Personne. Pas un chat.

— Et pourtant on n'a pas rêvé ! grinça Brichot. On a bien vu Nantois entrer dans l'immeuble.

— A moins d'avoir sauté par la fenêtre, répondit Corentin, il ne peut pas être ressorti.

Toutes les fenêtres étaient hermétiquement fermées.

— Bien, décida Boris. Il n'y a pas de mystère qui n'ait son explication rationnelle. On recommence la fouille de zéro.

Au bout d'une heure, ils en étaient toujours au même point. Brichot, tout au bout du long couloir tapissé de rouge, se planta devant le jeu de fléchettes qui était suspendu au mur.

— Quand j'étais jeune, j'étais champion à ce jeu-là, fit-il remarquer en regardant la cible.

— Tu es toujours jeune, Mémé, murmura Corentin.

— C'est encore à voir, fit Brichot.

Il s'empara d'une des fléchettes qui se trouvaient sur un guéridon, à sa droite, l'examina attentivement, puis se mit en position de tir.

— Mémé, tu es un super-champion ! cria Corentin.

A peine la fléchette plantée au centre de la cible, le mur s'était mis à glisser doucement sur lui-même.

Une bouffée de moisi leur sauta à la figure.

— Gagné ! rugit Corentin en se précipitant à travers l'appartement abandonné.

Il leur fallut encore un quart d'heure pour comprendre que le logement en question n'était qu'un sas entre le club de rencontres et un autre appartement. Et dix minutes de plus pour trouver le passage, au fond d'un placard encastré dans un mur délabré.

Puis encore cinq minutes pour visiter toutes les chambres de ce qui avait été *l'annexe* très secrète du club.

Une dizaine de filles surgirent, réveillées en sursaut. Nues pour la plupart. Ahuries. Finalement, Brichot les regroupa toutes dans une chambre dont il ferma la porte à clé.

Il ne restait qu'une pièce qu'ils n'avaient pas visitée. Elle était fermée à clé elle aussi. Corentin en défonça la serrure à coups de pied.

Une blonde très maigre et qui paraissait très jeune était allongée sur le lit. Elle avait l'air de dormir. Sauf que son visage mince était tout peinturluré de rouge et qu'il y avait un trou extrêmement profond entre ses sourcils.

Boris vacilla vers la sortie.

Il était à peu près sûr que c'était Tereza, celle dont la rousse de la nuit dernière lui avait parlé. Mais on avait tout le temps, maintenant, de s'en assurer.

— J'appelle la « Maison », décida Brichot. Je leur demande de nous envoyer des renforts.

Il vira vers ce qui avait été le bureau ultramoderne d'Anna Brozek. Dans une demi-heure au plus tard, d'autres inspecteurs débarqueraient et s'occuperaient des filles enfermées dans l'une des chambres de l'appartement secret. Interrogatoires, instruction judiciaire, rapports, paperasserie administrative, dossiers... Toute la lourde machine allait se mettre en marche.

Dans le bureau des Affaires Recommandées, Tardet prit en note l'adresse du club de la rue Norvins.

Au moment où Brichot s'apprêtait à raccrocher, il cria :

— Attends ! Rabert qui est en face de moi a quelque chose à te dire !

— J'écoute, fit Brichot.

— Mémé ? fit la voix de Rabert. J'ai eu un coup de fil pour Boris, tout à l'heure. La concierge de la rue Montmartre, une certaine

Amalia. Elle faisait tout un foin parce qu'elle ne voulait parler qu'à Corentin. Finalement, elle a quand même consenti à me dire l'essentiel : les scellés ont été brisés, la nuit dernière, sur la porte de l'appartement d'Ouporova. D'après elle, rien n'a été volé. Sauf, dit-elle, une photo. Elle la connaissait bien parce qu'elle venait quelquefois faire le ménage chez lui. Une photo punaisée sur un mur du living. Représentant Ouporova avec un copain...

Corentin s'était emparé de l'écouteur.

— Mémé, décida-t-il quand celui-ci eut raccroché, on file à Enghien !

— Pourquoi ? interrogea Brichot.

— Réfléchis. La photo représentait Ouporova et Milan Klima du temps où ils étaient fonctionnaires de la Sécurité d'Etat. On ne l'a pas arrachée du mur, la nuit dernière, pour la garder en souvenir...

Brichot réfléchissait.

— C'est Anna Brozek... Ou Nantois...

Corentin agita la main.

— Peu importe qui c'est, fit-il. Il y avait deux hommes sur cette photo. Le premier est mort. Reste le second. Et il est en danger, j'en suis sûr.

Il eut un geste de la nuque pour désigner la chambre où gisait la fille blonde, une balle entre les deux yeux.

— Tu l'as vue comme moi, non ? Ils ne plaisantent pas...

Brichot se gratta la moustache.

— Et comment on se rend jusqu'à Enghien, s'il te plaît ? On n'a plus de voiture...

Corentin haussa les épaules.

— On attend les autres. Ils vont arriver en bagnole, non ? Dès qu'ils débarquent, on leur en emprunte une et on fonce !

La main de Brichot se posa sur le téléphone.

— Tu ne crois pas qu'on gagnerait du temps en l'appelant tout de suite, ton garagiste ?

Cinq minutes après, Corentin raccrochait, blême.

— Il vient juste de sortir, grimaça-t-il. Avec une jeune femme blonde... Une cliente, m'a dit sa secrétaire. Il en a pour une heure, m'a-t-elle précisé...

Il contracta les mâchoires.

— C'est foutu, laissa-t-il tomber. On arrivera trop tard.

Il se remit à carburer en tournant en rond autour de la table de verre qui avait servi de bureau à Mme Brozek.

Un instant plus tard, il se précipitait sur le téléphone et pianotait à nouveau le numéro du garage de Klima, à Enghien.

— Passez-moi Jakub ! jeta-t-il dans le combiné.

Il venait de se souvenir du pompiste à la carrure de champion de Sumo. Son regard de bête fidèle, surtout. De chien de garde. Il se rappelait les mots lancés par la secrétaire rousse de Klima : « Il croit toujours qu'on menace son patron ! »

Il allait être servi.

CHAPITRE XIX

Quelques minutes après, l'une des deux dépanneuses du garage de Milan Klima jaillissait en trombe dans l'avenue de Ceinture, à Enghien. Pilotée par Jakub Betlef qui écrasait l'accélérateur à en traverser les tôles.

Il se souvenait parfaitement de la direction prise par la Citroën BX de la blonde en robe bleue. Ça lui avait même paru bizarre que ce soit son patron qui s'installe au volant et pas elle.

Ils avaient disparu dans la côte qui mène à Soisy-sous-Montmorency. Ça ne devait pas être impossible de les rattraper.

***

Dix minutes plus tard, une superbe Lancia Prisma grise virait en douceur et se rangeait le long des pompes à essence. Elle était pilotée par un Noir athlétique qui n'arrêtait pas de sourire.

Gérard Nantois se rua dans le garage. Pour y apprendre de la bouche de la secrétaire rousse que son patron était absent pour le moment, qu'une jeune femme blonde était venue justement le chercher et qu'ils étaient partis dans une Citroën BX pour une destination inconnue, mais qu'ils seraient certainement revenus dans une heure...

Le « Colonel » regagna la Lancia.

— C'est foutu, grogna-t-il. On ne les retrouvera pas. On rentre à Paris.

Finalement, qu'est-ce qu'il risquait ? Il n'apparaissait nulle part dans les documents officiels ni dans la comptabilité du *Vltava*.

Et ce n'était pas écrit sur sa figure que c'était lui qui avait ordonné à « Sourire » de loger une balle entre les deux yeux de Tereza.

***

La BX cahota longuement dans l'étroite allée bordée de taillis de châtaigniers, de hêtres et de frênes. Sous les branches serrées des arbres de la forêt de Montmorency, le soleil filtrait par minces rais lumineux. Anna Brozek bougea imperceptiblement la tête. Calée contre la portière droite de la BX, côté passager, elle n'arrêtait pas de rappeler à Klima, qui pilotait la voiture, que c'était elle qui était armée et pas lui. Ça aurait été difficile de l'oublier, étant donné qu'il lui suffisait de jeter un coup d'œil sur sa droite pour voir le canon du Llama braqué sur lui.

— Arrête-toi, commanda Anna.

Elle se sentait glacée comme si elle avait été assise sur une banquise.

Elle regarda la petite clairière qui baignait dans une pénombre d'aquarium. Des oiseaux chantaient, très haut dans les arbres. Une aire de pique-nique avait été aménagée, avec une grande table de bois et des bancs.

— Coupe le moteur, murmura-t-elle.

— Qu'est-ce qu'on...

— Tais-toi, fit-elle. Ferme-la.

Elle s'était bloquée, comme tétanisée. Par la vitre abaissée, elle commençait à capter un bruit. Celui d'un ronflement encore lointain mais qui se rapprochait.

— Bien, décida-t-elle. Descends de la voiture.

Elle perçut son hésitation.

— Fais ce que je te dis ou je tire.

Le ronflement du moteur continuait à se rapprocher.

La dépanneuse apparut au tournant du petit chemin de terre.

Son « mike » de Cibi dans la main droite, Jakub Bertlef essayait de donner sa position aux policiers de Paris qui l'avaient lancé sur les traces de son patron et qui eux-mêmes avaient réglé l'émetteur-récepteur de leur voiture de fonction sur la bande de 27 Mégahertz, la bande cibiste. D'après ce qu'il avait compris, ils venaient de dépasser la porte de la Chapelle et ils fonçaient sur l'Autoroute A 1. Ils seraient là dans vingt minutes tout au plus...

— Restez en « stand by » (1) conclut la voix de l'inspecteur divisionnaire Boris Corentin.

La dépanneuse se rapprochait de la Citroën BX apparemment vide. Jakub ralentit et s'arrêta.

— Bouge un cil et il y aura une balle qui te rentrera par une oreille pour ressortir par l'autre, jeta une voix féminine tout près de la portière gauche de la dépanneuse.

Anna Brozek tenait également Milan Klima en joue, à vingt centimètres devant elle. Elle recula.

— Descends, ordonna-t-elle au pompiste.

Elle eut un rire sinistre.

— C'est très bien que tu sois là, je ne m'en serais jamais tirée toute seule. Je suppose que tu

(1) A l'écoute.

as des cordes, dans ta dépanneuse ? C'est évident. Il y a toujours des cordes, dans les dépanneuses. Alors tu vas aller les chercher. Et ne fais pas l'imbécile. A moins que tu n'aies envie qu'il arrive un malheur à ton patron. C'est ça que tu veux ?

L'hercule secoua énergiquement la tête.

— Très bien, fit-elle. Alors voilà ce que tu vas faire...

*
**

Sans cesser de surveiller Jakub Bertlef, à nouveau immobile près de sa camionnette, Anna se baissa pour vérifier la solidité des cordes avec lesquelles le pompiste venait, sur ses ordres, de ficeler son patron. Klima était couché à terre, sur le dos, il avait les poignets ligotés très haut au-dessus de la tête et fixés au tronc d'arbre. Ses jambes aussi étaient attachées. Jusqu'aux cuisses. Seuls son torse et son ventre restaient libres.

— Parfait, apprécia-t-elle.

Elle releva les yeux.

— Seulement c'est bien triste, ajouta-t-elle en regardant le pompiste. Je n'ai plus besoin de toi.

Son revolver toussa deux fois. Le pompiste à carrure d'armoire normande n'eut pas le temps de crier. Il tomba lentement, glissant contre la carrosserie de la dépanneuse, et resta assis, immobile. Avec de la bouillie rouge à la place du nez et du front.

Anna Brozek vira vers Milan Klima, allongé à terre, impuissant.

— Enfin seuls ! ricana-t-elle. Si tu savais comme j'ai attendu ce moment !

Il secoua la tête et ses cheveux blancs balayèrent l'herbe.

— Je ne veux pas mourir, gémit-il.

Elle le regarda, les yeux fous.

— Qu'est-ce qui te fait dire que tu vas mourir ? souffla-t-elle.

Il agita encore la tête. C'était tout ce qu'il pouvait bouger.

— Vous ne pouvez pas... Vous n'avez pas le droit...

Elle eut un rire dément.

— Tu n'y es pas ! cria-t-elle. On va faire l'amour, tous les deux ! Tu vas voir comme c'est bon.

*
**

Regard exorbité, l'ancien policier de la STB reconverti dans la mécanique automobile était en train de se dire qu'il y a des réflexes, dans le corps humain, qui échappent complètement à la volonté de l'individu.

Par exemple l'érection.

Les doigts d'Anna Brozek avaient défait la fermeture Eclair de son pantalon et extirpé un sexe mou et rose, recroquevillé sur lui-même, qu'elle avait caressé quelques instants du bout des doigts. Puis elle s'était penchée et l'avait englouti. C'était une fellation merveilleuse. Malheureusement, il n'était pas du tout dans l'état d'esprit voulu pour en profiter. Loin de là. Il avait compris depuis longtemps ce qui allait se passer. Il se sentait allonger et grossir, et à chaque centimètre supplémentaire il savait que sa mort se rapprochait.

Quand elle jugea qu'il avait atteint des dimensions convenables, Anna se redressa, retroussa sa jupe sur ses hanches, laissant apparaître son pubis intégralement épilé, et enfourcha l'homme qui, quinze ans avant, l'avait violée.

— Regarde-moi, murmura-t-elle. Regarde-moi bien.

A cheval au-dessus de lui, elle était en train de retomber lentement vers son bas-ventre. De la main droite, elle l'avait saisi et le dirigeait vers le sillon entrouvert de son sexe.

— Regarde-moi, reprit-elle fiévreusement. C'est la dernière fois que tu me vois. La dernière fois que tu vois quoi que ce soit.

Elle l'avait fait pénétrer. Il sentit le contact de son ventre brûlant qui se refermait sur lui comme un piège. Et elle le faisait glisser lentement, centimètre par centimètre.

Il hurla.

— Non ! Je vous en supplie.

Il était à moitié englouti à présent.

Il hurla encore.

Une détonation répondit à son hurlement.

Anna tourna la tête et s'immobilisa.

Les deux flics de la nuit dernière, au *Vltava*. Le brun athlétique et le petit chauve et moustachu.

— Ne bougez plus, jeta Boris Corentin en abaissant son RMR Special Police avec lequel il venait de tirer en l'air.

Anna Brozek eut un mince sourire.

— Mais nous ne bougeons pas, Monsieur l'inspecteur, murmura-t-elle.

Des fourrés d'où Boris et Aimé venaient de surgir, ils auraient pu avoir l'air d'un couple d'amoureux en train de copuler joyeusement dans l'herbe.

Sauf que l'homme était ligoté. Et que la fille blonde au-dessus de lui tenait un revolver dans la main droite.

— Jetez votre arme, commanda Boris Corentin.

Le Llama valsa dans l'herbe avec un bruit feutré.

— Relevez-vous, fit encore Boris.

— Avec plaisir, sourit-elle.

Mais au lieu de se dégager, elle eut un violent mouvement du ventre, une contraction qui la creusa profondément, entre les hanches. Et elle s'enfonça jusqu'à la garde sur le membre érigé de Milan Klima.

Celui-ci ne cria pas, cette fois. Il lâcha un couinement imperceptible, tandis que la douleur lui fendait en deux la carcasse et montait exploser à l'intérieur de son crâne comme un champignon atomique.

D'une détente des reins, Anna Brozek se releva.

— J'ai horreur de ne pas finir un travail que j'ai commencé, dit-elle.

Elle regarda le sang qui s'échappait à gros bouillons du sexe de Milan Klima, tranché dans toute sa longueur. On aurait dit une canalisation crevée et de l'eau rouge qui s'échappait à jet continu.

— Voilà, dit-elle d'une voix morte. C'est fini. Vous ne pouvez plus rien pour lui.

Corentin et Brichot s'étaient précipités. Béants d'horreur. Il n'y avait effectivement plus rien à faire. Milan Klima se vidait à toute allure.

Au bord de la nausée, Boris se releva, tandis que d'entre ses cuisses, de sous sa robe, Anna Brozek faisait surgir un objet rond, ensanglanté lui aussi, qu'elle balança dans l'herbe.

La petite sphère d'ivoire, avec sa lame bien tranchante à l'intérieur. Le *congaï* qui venait de tuer pour la quatrième fois.

— Voilà, souffla-t-elle. Je n'en aurai plus jamais besoin.

Tandis que Brichot se penchait et à l'aide d'un mouchoir ramassait précautionneusement l'objet qui venait de rouler dans l'herbe, Boris

Corentin se rapprocha, les poings serrés. Elle avait tué ou fait tuer au moins quatre fois. Peut-être cinq si on y ajoutait la jeune fille blonde découverte dans une chambre du *Vltava*. Et même six, en comptant le malheureux Jakub, le pompiste assis là-bas contre sa dépanneuse, mort, avec le centre du visage transformé en steak tartare.

C'était une meurtrière comme il en avait encore rarement vu, en quinze ans de carrière.

Et elle riait. Elle riait comme une folle, à gorge déployée.

— Si vous saviez, cracha-t-elle, à quel point je me sens heureuse enfin ! Libérée !

Elle n'arrêtait pas de rire, comme une démente. Ils durent pratiquement la porter jusqu'à la voiture, ses pieds frôlant la terre, secouée de quintes de rire, le regard fou.

***

Une pluie d'orage torrentielle venait de s'abattre sur Paris, et Boris Corentin, allongé sur son lit, écoutait les grosses gouttes qui éclataient contre les vitres de son studio de la rue de Turbigo.

C'étaient les premières minutes de repos qu'il prenait depuis huit jours. L'arrestation de Bobby et Carpenter, les deux porte-flingues au service d'Anna Brozek, s'était déroulée sans trop de casse. Bobby avait bien essayé de faire le mariole en sortant son calibre 38 Special, mais Boris avait été plus rapide, et le grand Noir au perpétuel sourire s'était retrouvé avec un tibia en compote.

Pour Nantois, ça avait été plus délicat.

Il avait fallu le traquer dans sa propriété, près de Châteaudun, au bord du Loir, où il possédait une véritable artillerie et où il avait tenu tête à une quinzaine de policiers pendant toute la nuit. Au matin, quand ils avaient donné l'assaut, l'ancien journaliste gisait au milieu de son salon ravagé par les balles, le canon de son fusil de chasse profondément enfoncé dans la bouche, la moitié de la boîte crânienne pulvérisée.

C'est seulement à la morgue, en procédant à sa toilette rituelle, que l'employé préposé à ce joyeux travail avait découvert la culotte en plastique et la bambinette que Nantois portait en permanence sous son pantalon...

Boris ferma les yeux. Tout était fini. A part, bien sûr, la routine habituelle ; paperasses à remplir, rédaction de rapports d'investigation, PV de perquisition, interrogatoires, confrontations des filles du *Vltava* entre elles et avec leurs clients, sur lesquels il y aurait sans doute pas mal de « blancs » à rédiger... On songeait sérieusement à laisser à un bataillon de psychiatres le soin de déterminer si Anna Brozek était ou pas responsable de ses crimes.

Il soupira. Ce qui commençait maintenant, c'était une autre histoire. L'instruction judiciaire de l'affaire. Pour lui l'enquête était terminée et Aimé Brichot, le matin même, l'avait appelé pour lui dire au revoir avant de rejoindre enfin par le train Jeannette et les enfants à La Baule.

Brusquement, Boris sentit une présence dans le couloir de son studio dont il ne fermait pratiquement jamais la porte à clé. Il tourna la tête.

— Tu ne réponds plus aux coups de sonnette, maintenant ?

C'était Amalia, la gardienne de l'immeuble de la rue Montmartre où avait habité Frantisek Ouporova.

— Excuse-moi, fit-il doucement. Je réfléchissais.

Elle avança au milieu de la pièce. Sa robe d'été trempée par l'averse était collée contre ses seins et ses cuisses.

— Espèce de salaud, gronda-t-elle. Tu devais m'appeler et tu ne l'as pas fait !

Ses longs cheveux noirs s'égouttaient sur le plancher du studio.

— Qui te dit que je n'allais pas le faire ? murmura Boris en s'approchant d'elle.

— Rien, en effet, jeta-t-elle. Mais comme vous dites, vous autres Français, un bon tien vaut mieux que deux tu l'auras, n'est-ce pas ?

Elle avait le visage ruisselant de pluie.

Sans le moindre complexe, elle s'empara du bas de sa robe, la retroussa jusqu'à sa figure et s'en servit comme d'une serviette.

Elle était complètement nue dessous. A part l'épaisse fourrure noire de son ventre.

— Alors ? reprit-elle avec reproche. Qu'est-ce que tu attends pour me prendre et me baiser ? Il y a déjà cinq minutes au moins que tu aurais dû te précipiter sur moi pour me violer !

Achevé d'imprimer en avril 1987
sur les presses de l'Imprimerie Bussière
à Saint-Amand (Cher)

— N° d'édit. 11587. — N° d'imp. 704. —
Dépôt légal : mai 1987.

Imprimé en France